AFETOS

ELOS, ANELOS E NÓS

Vera Caracik

AFETOS
ELOS, ANELOS E NÓS

Coleção
NOVOS TALENTOS DA LITERATURA BRASILEIRA

novo século

São Paulo 2010

PRODUÇÃO EDITORIAL Equipe Novo Século
PROJETO GRÁFICO E COMPOSIÇÃO S4 Editorial
CAPA Equipe Novo Século
REVISÃO Giacomo Leone

DADOS INTERNACIONAIS DE CATALOGAÇÃO NA PUBLICAÇÃO (CIP)
(Câmara Brasileira do Livro, SP, Brasil)

Caracik, Vera

Afetos, elos, anelos e nós : contos / Vera Caracik. – Osasco, SP : Novo Século Editora, 2010. – (Coleção novos talentos da literatura brasileira)

1. Romance brasileiro. I. Título.

09-10999 CDD-869.93

Índices para catálogo sistemático:

1. Romances : Literatura brasileira 869.93

2010
IMPRESSO NO BRASIL
PRINTED IN BRAZIL
DIREITOS CEDIDOS PARA ESTA EDIÇÃO À
NOVO SÉCULO EDITORA LTDA.
Rua Aurora Soares Barbosa, 405 – 2º andar
CEP 06023-010 – Osasco – SP
Tel. (11) 3699.7107 – Fax (11) 3699.7323
www.novoseculo.com.br
atendimento@novoseculo.com.br

PÓRTICO

Na porta da míngua
Na ponta da Língua
Explodi em morfemas.
Da fresta o Verbo me espreita.
Só a Palavra me resta
Em pensamentos, obras e sobras,
Só a Palavra me gesta em caudalosa invenção.
Antes da asa alço voo
E aterrisso no rés depois do chão.
Na proa da míngua
No gesto da Língua,
Meu sestro é o sim que singra
E sangra a carapaça do não.

SUMÁRIO

E – quanto à Palavra – não esquecer que temos apenas três escolhas: ou escrever no corpo, ou escrever na página, ou escrever no vento.

Vale mais: aquela em que (o) a-mor(te) doer menos.

VISITAÇÃO

Como quem peregrina em marcha à ré, Deste-me o anzol mas me meteste num rio seco – do mantra ao fóssil, do coração às tripas – eu ia repetindo assim ao meu deus oco, do oco da concha. A minha. Eu-ostra, ventos de dentro, estremecimentos de vísceras, (alto lá!, de vento é que não se vive, quem come vento arrota poeira. Sem eira nem beira.)

E era mesmo assim sem eira nem beira, Deste-me o anzol mas me meteste num rio seco, que eu seguia bradando a meu deus oco, ao vento outro, (evento bendito esse de fora).

Meu pesadelo, um raso mar estéril de sal grosso, altos penhascos, conchas enormes e abertas convidando-me – eu-ostra – ao pertencimento. Mas eu-outra não desejava esse destino.

Eu-outra queria da amplitude do sonho uma certeza, umazinha só – que não fosse a morte – a minha, a tua, a nossa.

Entretanto toda resposta é um fóssil posto. Impossível muitas vezes é voltar e aprender o perdido-para-sempre. Difícil é dar-se ao vento e de peito aberto arvorar.

Ventania! Desde a infância.

Peregrinando em marcha à ré, cheguei ainda com o azul do dia. De peito aberto eu flutuava na redescoberta.

O casarão ancestral lá estava. Imutável. A porta da rua desde sempre entreaberta, ávida por visitantes. Aconchego. Fartura.

Transpus a porta como vento. Ventania. (Não por acaso era este o nome da cidade.)

E então, tocada pela magia de uma primeira palavra e quase crendo na revelação de uma última, subitamente me vi adentrada no vetusto átrio. Todos os janelões abertos, escancarando-se para o cotidiano da tarde provinciana. O grupo-escolar, o virador da estrada de ferro, a igrejazinha nos confins da minúscula cidade – entre a cadeia com um pobre diabo só e as ruínas de um cemitério abandonado. Por detrás, o alcantilado dos morros abrindo e fechando. Como o destino. Eu – ostra?

À direita do átrio, a inútil sala de visitas. O chão de ressequidas tábuas rangentes, o vazio sofá recostado à espessa parede colonial, sob a insólita tela de veludo negro com uma arara de vidrilhos multicoloridos cintilando em absoluta solidão. Porque os habituais visitantes desde outros tempos, sempre preferiram aconchegar-se em torno da espaçosa mesa da sala de jantar, távola do bem, em que os gementes suspiros das almas claras se mesclavam aos suspiros doces de claras de ovos.

Sobre o portal do saguão, o barroco quadro – mor. Um rosto da Virgem – Mãe com o olhar descaído. Óleo sobre vidro, moldura dourada. Um semblante comum – sem aparatos nem auréola – em vez de véu, rústica mantilha – o arquetípico rosto das mulheres de outros séculos, contritas e consternadas no enquanto da vida, perene missa silenciosa em que seguiam purgando ou desmerecendo um suplício, largando o destino ao sabor da próxima cria. Uma legião de virgens – mães com a sexualidade em obscena penúria, o amor resumido em ato de fecundação. Prazeres, doces deleites? Doce de leite. E compotas de abacaxi. Duríssimas cascas.

E diante do assombroso quadro – em meio a *miserere nobis* tantos – quantas vezes a menina lá se postara erecta e com olhos erguidos, respirando apenas a arte ao reverenciar aquela beleza atroz, mas de um jeito desajoelhado.

O mesmo teto altíssimo, abóbada celeste. As compridas madeiras do chão, sulcos em desalinho. Embaixo, o porão. Assombrações indeléveis, íntimas amigas. Portas incontáveis, imensas. Pesadas chaves descomunais – aos molhos penduradas nos batentes. Onde o segredo indecifrável? Cristaleiras repletas. Mimos antepassados, tesouros ocultos. E iguarias especialíssimas para seduzir os apetites vorazes.

Olhos antigos espreitando-me de todos os cantos. Átrios, salões, salas, quartos, alcovas. Quantos ao todo? Jamais consegui contá-los.

Desde criança eu já vivia percorrendo aquele casarão inteiro em carreiras frenéticas, enquanto os adultos falavam da vida. E da morte. Mas sempre se me deparavam mais portas, mais salas, mais alcovas, mais quartos. Quantos ao todo?

No ar, um insistente aroma de doce de leite. O tacho borbulhando vigoroso no fogão de lenha. Sons de risos, vozes conhecidas. As mesmas. Às vezes, Amélia – a cozinheira anã – aparecia na porta da sala, fumando seu inextinguível cigarro de palha. Mas depois sumia feito fumaça. E o testemunho da sua presença eram apenas os inebriantes olores que vazavam da cozinha.

Na sala principal, a mesa posta para o café das três. Desde a infância. À minha espera. Mas as minhas doçuras eram outras, outros os meus paladares, porque para mim tudo sempre teve um gosto de palavra.

Tia Genoveva conversava com as visitas, parentes de outro tempo. Entre uma colherada de compota e outra de doce de leite , falavam das doenças e da morte, com as caras mais lavadas do mundo. Açúcares-placebos.

Eu observava aqueles rostos pretéritos, imutáveis desde sempre, como se a placidez de cada um houvesse condensado os meandros do tempo num momento ímpar. Abençoado. Em torno daquela távola sacramentada formavam um bando de crianças senis. O pacto dos açúcares lhes castrava a boca para a seca pronúncia da amarga palavra, daquela mais penosa, articulada de dentro para dentro. Estranhamente apenas eu havia envelhecido, só para mim parecia haver decorrido um vácuo de tempo em que eu vivera por extenso. Apenas eu não arriscava uma certeza, umazinha sequer.

Porque, Deste-me o anzol mas me meteste num rio seco, eu é que me arrastara em vendavais, desaprendendo todas as crenças e todos os dogmas. Sina feérica de reinventar o mundo.

Tio Adamastor não se dava nem ao riso e nem a sorrisos – muito embora tivesse um dente de ouro. Um incisivo. E incisivamente ostentava o poder do abocanhamento. E no entanto, com a vida sentada na cadeira de balanço, ia e vinha sem angústias fundas. Apenas uma vez por ano se levantava, vestia seu melhor terno e viajava de trem para vender uma safra de café chinfrim. Depois retornava à cadeira de balanço e de pijama permanecia narrando essa história até o ano que vem. Porque ele vivia só de contar, como num gramofone um velho disco emperrado na palavra eu... eu... eu..., com a vida sentada na cadeira de balanço. (Onde é que já se viu fóssil de coração?, uma vez me ensinaram.)

Lá fora os trilhos do trem. A que horas mesmo passa a maria-fumaça?

E o exuberante pomar encantado. Frutas sobrenaturais com gosto de aurora, num tempo em que a menina era só um enleamento fecundo, a mão nutrindo a boca no apetite quimérico – até que a fome do papel e do lápis a arrebatasse de vez. As pedras irregulares no chão do quintal. O porão indevassável. O que haveria lá dentro além de escuridão e do cheiro denso de terra batida, além dos ecos fantasmais dos passos que vazavam do teto? Na entrada, galinhas. Muitas galinhas ciscando – desde a minha infância. E a vigilância do Astor, um imponente cão.

E no porão, vai ver, o meu rosto recôndito. O meu rosto herdado de outro e mais outro – eu retornada no fio do tempo. Porque quando nasci, toda esta história já soprava em mim. Como vento. Quando foi mesmo que comecei?

Meus pulmões repletos de outros ventos. Ventania. Para sempre – desde a infância – aquele mágico pomar onde eu encontrara uma pedrinha em forma de coração. Um fóssil de coração de pomba, acreditei. Onde é que já se viu um fóssil de coração?, ensinaram-me, Os corações não fossilizam.

Perdi a pedra e a inocência.

Sons de risos, vozes familiares, antigas. Compoteiras de cristal, mesa posta, o reumatismo de um, a operação complicada do outro, os inumeráveis males de não-sei-quem, o monólogo da cadeira de balanço, empoeiradas memórias vívidas no porão. Fio do tempo ou teia de aranha? Iguarias e sopa de pedras. Banquete frugal esta vida.

Aquela enorme casa ancestral e a vida descaradamente apaziguada, como nas alfarrábicas cartas da tia Genoveva, Visito-te desejando saúde, paz e felicidade. Os dicionários rezando catecismos açucarados.

De repente qualquer coisa cheirou e silêncio. Todas as visitas haviam saído.

– Os velhos dormem cedo!

– E sonham antes, arrisquei. Saúde, paz e felicidade. A despeito das doenças do mundo. E da morte.

Eu não poderia permanecer ali por mais tempo e intervir no sono dos séculos. Verdadeiro. Natural.

Acintosamente então, despertei tia Genoveva do cochilo pesado. Queria despedir-me – desde a infância. E lavrar a efeméride do esquecimento. Para sempre.

Porém, ela me segurou ambas as mãos, aqueles brancos cabelos espargindo luz. Beijou-me a testa – desde a infância – e entregou-me – estigma para sempre – um antiquíssimo anel de família. De imediato coloquei-o no dedo indicador. A translúcida pedra azul em forma de coração. O fóssil?

– O pacto!

Ocorreu-me nessa hora recontar todos os cômodos da casa. Desde a infância. E depois sair satisfeita. Para sempre.

E recomecei as carreiras frenéticas. Desde a infância. Como vento.

– Ventania!

Átrios, salas, salões, quartos, alcovas. E cada vez mais portas, mais átrios e salas e salões e quartos e alcovas. As chaves enormes abrindo-me todos os portais.

E o universo foi se ampliando tão largo, tão imenso, que jamais consegui encontrar a porta da rua.

DE A a Z

Até que chegou um tempo de absoluto enfado e para menos não seria, quando a ele veio a alarmante ideia de colecionar tartarugas. Precisar não seria o termo. Ele optou, lançando uma flecha em direção ao destino. Outros possíveis? Vai ver sim, mas posto é, obstinação e ócio se cruzam em movediço caminho. Destino, desatino, sempre se tropeça em algum acaso do jogo. Olhando para si ele intuía.

Mas dispor-se a colecionar tartarugas, de estranho que já pareça, isto lá era um atrevimento espantado para quem à agilidade sempre fora muito afeito.

Pelo menos assim ele pensava. Desconfiando. Todavia em sua opção acreditou veemente, dúvida alguma havia, qualquer certeza uma faca de dois gumes, de fininho ele saiu, de forma que a vida – apesar de – a ele ainda se escancarava como a um jovem – em disponibilidade franca até os próximos cem anos. Pelo menos.

Talento parecia mas destemperança era.

Colecionar tartarugas então vai ver foi um cacoete de impotência, repousar no óbvio, pausar-se de si, descansar, descascar carapaças e carapuças. As dele. Poderia?

Apesar da idade ele ainda tão ágil e capaz. Todavia preterido – rotulava-se. E a vida ali esgarçada – monotonamente – em separação silábica que ele não se permitia modéstia para soletrar em gagueira, ainda que fosse.

Entre atrevido e inocente, veredicto difícil, sempre preferiu as frases secas, claras e concisas. Como um tapa na cara. Ou um soco na boca do estômago. A experiência lhe ensinara. E para além da conta. Aprendera?

Colecionar tartarugas – a ideia assim lhe veio absoluta e certeira, era disto mesmo que precisava, um acerto àquela altura, uma consonância, 2 × 2 = 4, aritmeticamente. Sorte horoscópica.

Vai daí que em calculadíssimo critério estabeleceu que de A a Z colecionaria tartarugas por ordem alfabética, até que se cumprisse o abecedário inteiro. Denominaria cada uma com a palavra que primeiro lhe viesse à mente. Poderoso, pretendeu não escolher os nomes a dedo. Porém, com o inconsciente a postos ditando as palavras, esta imperiosa voz – evidência feita – os nomes, portanto, estariam sendo escolhidos a dedo.

Claro é que todas as escolhas já vêm marcadas. A ingenuidade esperançosa é daquele que mal pensa. Toda escolha é um contragolpe do destino em nossa cara sem-vergonha. Apenas embaixo assinamos com a empáfia do eu-quis-assim. Eu fiz. Crível? Risível.

E então havendo imaginado que os nomes não seriam escolhidos a dedo, decidiu que dadas as 23 letras do alfabeto, a coleção obedeceria à forma pausada, solenidade de que coleção alguma prescinde. Pautadas de suspense, isto sim, todas elas têm de ser.

E estabeleceu pois – criterioso de nascença – que as colecionaria 4 por mês, o abecedário então a ser cumprido em 6 meses, distração garantida para os próximos cem anos, ele se inocentando de tal matemática, tartarugas excessivamente duram.

E foi assim que no primeiro mês chegaram as primeiras 4. Uma a uma nomeou-as: **aposentadoria**, **bastança**,

clareza, **deus-dará**. Iniciava-se o alfabeto, escancarava-se o futuro. Tartarugas excessivamente duram. Contudo em durabilidade, de dureza se confundem. Tartaruga = tartaruga. Tartarugas apagam os nomes. Ludibriam. Por exemplo: quando ele dava de cara com **bastança**, **bastança** não era, mas **aposentadoria**.

E se de inquietude já sofreu perante apenas 4 tartarugas, em que caos se embrenharia com todas as 23 duríssimas duráveis circulantes?

Pois bem e bem-feito!, ele desabafou, segundo mês/segundo grupo, lá vinham chegando 4 outras assim denominadas: **esperança**, **fantasia**, **galhofa**, **hibernação**. E aquilo que de início lhe parecera previsível aritmética começou a se transformar em inextricável gramática. Com palavras não se brinca, tartarugas duram excessivamente.

De forma que enquanto **hibernação** bem diante dele era ali posta prostrada, ele encarou **aposentadoria** jurando que **galhofa** fosse. Então desviou os olhos procurando **clareza**, mesmo que **esperança** viesse a ser. Mas cara a cara com **deus-dará** – sem saber, fazia tempo ele estava.

E ainda que ao deus-dará, desistir não desistiria. Ponto de honra, ócio obstinado, todo jogo traz lá seu risco. Mas prever ele não previa.

Terceiro mês/terceiro grupo e então vieram: **indulgência**, **juventude**, **luz**, **morte**. Quando este nome na mente lhe surgiu – incisivo e irretocável – ele estremeceu. Aliás como sói acontecer a qualquer criatura. Mas, peça crucial do jogo, tanto faz se passatempo ou destino, rondar ela ronda mesmo. E descarada. E sonda e espreita. A olho nu e arregaladíssimo.

Contudo **morte** ele não reconhecia. Queria **juventude** enquanto encarava **esperança** , ainda que **indulgência** fosse. Mas qual o quê, nem **esperança**, nem **indulgência**, **juventude** muitíssimo menos. De frente ele estava com **fantasia**, fazendo de conta que **clareza** era.

Aos pés dele permaneceu **aposentadoria** – desde. Mas em **aposentadoria** decidira não mais pensar, havia já tartarugas bastantes e outras tantas haveria, de diversão é que perplexo se fartava, tartarugas duram excessivamente.

E tanto duram, que a ele pareceu estar fazendo quase um século que se metera na estranha brincadeira. Mas não fazia. Era apenas o quarto mês e a sério chegaram: **novidade**, **ócio**, **purgação**, **querela**.

Querela vivia sempre por perto e não parava de circular. Pensou que **novidade** fosse. De súbito enxergou **ócio**, mas confundiu com **purgação**. Ao deus-dará tanto sentiu-se, vai ver de **querela** tanto insistir.

E foi assim ao deus-dará – de arraigado ócio e querelas tantas, que o tempo lhe foi mais que arrastado até o quinto mês. Desolado ele ansiava por, quando afinal apareceram: **resignação**, **saída**, **tentativa**, **utopia**.

Ele teve certeza de que veria **saída**. Mas ver não via, **utopia** era. De tanto tropeçar em **tentativa**, procurou **resignação**. Possível encontrá-la? Qual nada. Se tartarugas se manifestassem, **galhofa** riria dele.

Foi quando afinal quis – em alto e bom tom – santa inocência!, que chegasse a hora, jurou a si mesmo – em que distinguiria qual de qual, esta isto, aquela aquilo. Ele tão ágil – já desconfiava? Pois que **clareza** apareceu em frente a ele. Momento fecundo também. Inclusive imaginou se **clareza** bem não poderia ser **galhofa**. Qualquer certeza, uma faca de dois gumes. De fininho enfiou a carapuça, carapaças indescascáveis. Com palavras não se brinca, tartarugas duram excessivamente.E ele se condenara a pelo menos um século de desatino. Destino. Ele e as tartarugas/ as tartarugas e ele.

Sexto mês e as últimas 3: **vida**, **xucrice**, **zás-trás**.

Um século se havia passado, ele contabilizava, frustrantes decifrações, e de olho em todas as 23 duríssimas duráveis circulantes, se perguntou se **aposentadoria** não era **purgação**, se **esperança** não seria **deus-dará**, se **vida** bem não pode ser **fantasia**. Se isto aquilo, se aquilo isto. **Xucrice**, ele concluiu, aquela ali só podia ser esta.

Mas não era.Tratava-se de **luz**, claríssima sob o sol, bem ao lado dele.

Eis afinal **clareza**, ele arriscou, esta é esta, não pode ser aquela. E nesta-quase-aquela, ele permaneceu em demoramento largo e satisfeito, enquanto ali – bem no seu nariz – **vida** lhe ia escapando para longe, não se sabe aonde, ele ao deus-dará. Sempre se tropeça em algum acaso do jogo, tanto faz se passatempo ou destino.

E por detrás deste séquito interminável de lerdezas, clara, concisa e seca – como um tapa na cara ou um soco na boca do estômago – de súbito chegou **morte**, a olho nu e arregaladíssimo, e então

zás-trás.

ERVA DANINHA

Por ignorância ou prepotência, ou ambas as razões, palavras irmãs, o mundo ele dividia em três: eu, os outros, os ciscos.

Em sua pobreza primordial, a vocabular, ele – empedernidíssimo – imaginar não ousaria que o eu pudesse ser outro, que o eu pudesse ser cisco. Para ele o outro é que era cisco, assunto encerrado, de forma que só-eu, eu-só.

Saber ele não sabia e sequer sonhava que tinha quatro patas e que portanto vivia metendo os pés pelas mãos, e o focinho onde não era chamado. Malgrado bicho não era. (Bichos sabem e em confronto com gente aconchegam-se nos afetos essenciais. Bichos – tal a completude do instinto – ensinam ao homem seu desconfortabilíssimo lugar: a vastidão do por-aprender, e a impotência do jamais saber por inteiro.)

Entre o eu, os outros e os ciscos – oh, hominalidade! – gente-mal-acabada ele era, monstrengo, oragontango pasteurizado, massinha de modelar – bastonetes, cada qual de uma cor – que em mãos de criança misturados viram um horrendo cocô. Dizer que de bem seja, ele era um fedor indisfarçável, uma obscenidade antropomorfa, um cisco no olho do outro, aos olhos do outro. Unanimidade na repelência. No nojo. Uma gosma – naquilo que de si prepotente pronunciava – e – eximindo-se por completo do julgamento alheio. Ciscos.

Tendo então quatro patas e sempre metendo os pés pelas mãos, e mais o focinho onde não era chamado, macho era, chutar portanto vivia chutando – principalmente os gatos – por alguma semelhança ou qualquer coincidência.

Perceber ele não percebia que morava em casa de outrem, que comia o resto que lhe era dado – o patrão até que bem complacente, pois como suportar aquela criatura que diante de qualquer autoridade tão somente ronronava?

Por esquecer fazia que sempre viveu mijando por onde bem entendesse, a demarcar para si o território que não lhe pertencesse. Só-eu, eu-só – o mijo que mata a fecundidade da terra, e a paz dos homens de boa-vontade, ainda que não santa.

Porém macho era e gatos chutava. Todos. Principalmente os que dono tivessem. Ciscos. A libido dele toda posta a serviço do massacre ao afeto alheio, mijando ostensivo e insistente naquilo que do outro objeto de amor fosse. Tal a impotência do eu-cisco.

Até que chegou um dia em que toda água possível não pôde lavar o mijo acumulado. E de tanto as águas rolarem, só pedras permaneceram. Só-eu. E o fedor indisfarçável.

Então ele teve que amassar o pão para o diabo comer.

E após o banquete às avessas, num canto imundo de ciscos, caiu de quatro, lambeu do pires o resto do leite talhado e, eu-só, a Deus suplicou miau.

ÚTERO DE VIDRO

Domine non sum dignus,
ut intres sub tectum meum:
sed tantum dic verbo, et
sanabitur anima mea.
Dos antigos missais

Ela não sabia por que e só descobriria bem mais tarde.

Subiu ao laboratório e roubou um feto que jazia num vidro de sal de frutas. Havia tempos o desejava. Naquela hora prevaleceu apenas uma vontade descontrolada, o impulso obscuro de possuí-lo. Por quê? (Pudesse ela costurar palavras e então. A aprendizagem difícil e pungente das metáforas.)

Na esterilidade do formol, uma eterna gestação infecunda. Estar sem nunca nascer, mas sendo. Aquela minúscula criatura esbranquiçada, cópia de si, veracidade do antes. Possibilidade em essência. Apenas. E permanecendo indefinidamente. Talvez o fascínio residisse aí. Na ausência do trauma. Porque nascer é uma espécie de morte.

Já em casa observou-o melhor, de todos os ângulos. Os olhos fechados meio transparentes, o cordão umbilical flutuando solto e a cômoda posição irreversível. Horror de nascer, pensou. Mas a vida,

A vida é um vício, concluiu, puro estado de distração.

Lantejoulas, fantasias, vaidades, veleidades. A vida. Máscara tênue sim. Porque perante o real da morte o eu a depõe de si. Todavia sem a máscara quem há – de?

A vida era um vício sim. E haveria de ser nesse único possível. Então ela se cercava de livros e, como quem abriga fantasmas, colecionava objetos antigos, em cada escolha soletrando os subterrâneos de si. E ainda aquele gato, amigo de tantos anos, à espreita com cara de gente, espalhado nas réstias de sol e que nela se grudava pela casa adentro, já afeito a uma coleira invisível.

Não viver, o avesso da morte, apenas estar. Como uma pedra – imaginou. O aconchego do nunca ou do sempre. A mesma coisa.

Aquele feto então, um pequenino deus de seus pavores. Tanatos?

Colocou-o na estante por entre os livros. Um altar. Poderia vê-lo, a qualquer momento só em erguendo os olhos. Quais seriam as palavras da sua prece ?

E assim ela compôs o mundo. Reduzido, mas selecionado. O gato, os livros, os objetos antigos e agora aquele feto. Que do vidro de sal de frutas passou a viver também dentro dela, em algum lugar fora do útero, na redoma de seu medo.

E a rotina de seu vício se foi cristalizando. Todas as manhãs antes de sair acariciava o gato, dava-lhe de comer e ele buscava o sol no sofá. Então ela erguia os olhos, encarava o feto e se perguntava por quê.

E um dia foi, exato nessa hora que – não por acaso – ela se pôs a revisitar a infância. Lembrou que fora costume os médicos – em seus consultórios – ostentarem uma caveira no topo da estante – coroando os livros – e posta à mirada de qualquer olhar. Um sinistro espelho em que o futuro se presentificava em desmascaramento, pois que o tempo não faz pontas. Faz pó. Tanatos. E na pontualidade da própria cara descarnada, quiçá alguém intuísse que a vida só é possível naquilo que a palavra pode e eclode em prazer. Eros.

Dar-se conta ela não se dava que a memória é uma fraude – porque é um texto. E todo texto é corrigível. A memória repete sempre o mesmo mote ardiloso – lamúrias ambíguas, medos cifrados – e nos brinda com um cálice de cinzas. E clama pelo reinvento porque o passado é a ficção de cada um.

Todavia, rememorar pela vida afora ou adentro, era o que ela queria. Fraudar-se. E assim portanto emaranhava-se ela alinhavando nós em maçarocas.

Era infância. No imenso quintal da casa da amiga havia uma gangorra e um balanço. E todas as vezes ela se achava só quando sentava-se na gangorra. Impossível brincar. Então, ficava olhando para as jabuticabeiras floridas, sentindo aquele eflúvio envolvente. A amiga demorava a aparecer e quando chegava, ela – de tanto esperar – já se havia mudado para o balanço em galeios fortíssimos.

Uma vez a amiga surgiu abruptamente e veio se aproximando com as mãos para trás, escondendo uma funesta surpresa: a caveira do consultório do pai.

E o cara a cara foi a vida dada à morte. Esta obscenidade infame. Dentro dela alguma coisa desabou numa sequência de dominós. E ela foi se encolhendo e se encurvando no útero do mundo, devolvendo-se à antessala do destino. E sua vida se povoou de espectros. Aquele feto era o mais recente dentre todos eles.

Quando as árvores frutificavam ela abandonava o balanço, subia feito moleque jabuticabeira acima e colhia uns poucos frutos em solene frugalidade: sacro era o pudor de desarranjar a natureza: justo nelazinha já pesava a reminiscência da anômala semente: a humana: este gérmen que ao invés de brotar na fecundidade da terra, só irrompe e se corrompe na areia movediça da palavra.

Por entre os ramos da jabuticabeira, podia avistar lá embaixo o balanço indo e vindo sozinho chamando-a de volta. E ela retornava então, voando cada vez mais alto. Como se temesse o chão, as alturas a aquietavam.

E a amiga tardava em chegar. Traria a caveira? Nunca mais. Entretanto restou para sempre aquela expectativa, aquele sobressalto, aquele terror do de dentro de si.

E ela foi se tornando cada vez mais só na gangorra com medo da caveira.

E quando as árvores empobreciam ela adorava ficar olhando hipnotizada para as roupas encharcadas sobre o coradouro – muito brancas – gotejando estrelas nas manhãs de sol. (Havia nela um traço especialíssimo de lúmen).

Mas de súbito a amiga surgia muito afoita querendo brincar de mocinho – e – bandido, aqueles intermináveis tiroteios das matinês pulguentas com gosto de pipoca. Ela não queria. Gostava mesmo era de estar inventando roupas para uma boneca insossa com retalhos de filó – pregando lantejoulas a vida inteira. E envaidecia-se diante da sua obra projetando-se mulher. (Pudesse ela urdir palavras e então. Mas crianças costuram trapos descosendo o amanhã. A aprendizagem difícil e pungente das metáforas.)

De repente o gato fixou-a com olhos de lantejoulas, insistindo na efemeridade de todos os brilhos, na ineficácia das fantasias. Todavia sem a máscara, quem há - de ?

E a amiga permaneceu com uma expressão muito sarcástica enquanto ela balançava muito alto, chorando com o olhar posto no céu. Que de lá viesse o arrimo ou que o azul despencasse em seu inferno. Porém, o teto era um chão de pedras. Duríssimo. Ela – uma meninazinha apenas – e já assim tão agonicamente mortal. Esta iniquidade.

E em plena luz da vida mortificava-se ela naquela infância – mais – que – ficada. Petrificada. E de breu em breu, balouçando-se entre fetos e caveiras, em vez de traduzir-se, soletrava-se apenas.

Mas ninguém vive de uma só palavra. Nem de duas. O destino exige um vastíssimo dicionário a ser digerido e incorporado na carne – feita – verbo. Ou então, a ser abortadamente vomitado até que se aprenda a digestão das pedras.

E de pedra em pedra, um dia foi em que o desperdão do tempo flechou-a bem na pústula.

Ao entrar em casa, deu de cara com o gato morto em cima do sofá. E a amiga rindo satisfeita com aquela caveira nas mãos. Primeiro fechou os olhos. Depois encarou bem de frente. E continuou algum tempo ainda sentada sozinha ali na gangorra, acariciando o corpo inerte do gato.

Subitamente lembrou-se do feto aprisionado no vidro de sal de frutas espremido por entre os livros. Levou ambas as mãos ao rosto e tateando-se desmoronada e vazia – oca nudez, tosca mudez – esbarrou no inominável. Tanatos. Sem a máscara quem há – de ?

(Pudesse ela costurar palavras e então. A aprendizagem difícil e pungente das metáforas.)

Como que desbrindando às cinzas da memória, correu pela casa, sacudiu os tapetes, poliu os espelhos, bruniu os cristais. E de simbologia tanta tanteava-se ela na urgência de desvomitar a vida, de aglutinar em solfejante sílaba a soletração do sim. (Havia nela um traço especialíssimo de lúmen). Abriu as janelas e respirou do novo ar o eflúvio das jabuticabeiras.

Tomou o feto nas mãos e encarou-o pela última vez. Porém, através do suor intenso estampando o vidro, pela primeiríssima vez enxergou-o fragmentadamente – como em escansão silábica. E ela descansou na gênese da palavra – inaugurando-se no abecedário do mundo. *Ut Eros*. Ela medraria pois. E daria à luz a cara evidente na própria máscara. Afinal para o humano o que é que existe para além da Palavra ?

E desdoendo-se de haver nascido, indo e vindo em fortíssimos galeios, na premência de exumar-se, enterrou o feto num vaso de violetas azuis.

CARDÁPIO TRIVIAL

Enquanto na cozinha a mulher brigava com a pouquíssima louça do café, ele abriu a cortina e enxergou um pedacinho de céu cinzento espremido por entre o avesso dos edifícios. Olhou para a enorme pedra verde de seu anel. Sentiu-se coroado naquele domingo. Finalmente iria comer bem e sem abrir mão de um centavo sequer. Era o almoço anual na casa do filho. Todos se reuniriam para brincar de faz-de-conta.

Para quem gastou uma vida inteirinha fazendo de conta, até que seria divertido por um domingo, brincar de – por exemplo – faz-de-conta-que-sou-amado. Ele já estava mesmo fazendo de conta que o almoço acontecia em sua homenagem e não em louvor a sua gorda herança a cada instante mais iminente. E o pior é que não poderia desprezar aquela rara oportunidade de encher a pança. Ele vivia de acumular.

O filho veio buscá-los, sabia que o velho se recusava a gastar dinheiro com táxi. Após a cômica dificuldade para enfiá-los no carro, também ele já estava fazendo de conta que não era um sacrifício ter que aturá-los por um domingo, ainda mais em se havendo complicado financeiramente para promover aquele banquete. Eram as regras do jogo.

Durante o caminho às vezes não iam silenciosos nos momentos em que se entregavam a um desencadear de risos semiamarelos e a falsas solicitudes mútuas. Também conforme as regras do jogo.

Com os pés desconfortáveis metidos nos duros sapatos de domingo, o velho não reclamava, fizera excelente negócio em uma liquidação vagabunda. A mão ia apoiada na bengala, deixando bem à mostra a enorme esmeralda daquele anel que ele retirava da gaveta só em ocasiões como essa. Mais do que escassas.

A velha parecia alegrinha em seu vestido-de-ir-à-casa--do-filho, mal ajambrada naquele tecido barato. As mãos escondiam uns restos de vermelho-sangue no esmalte descascado das unhas. Por cima os cabelos eram de um castanho forçado, nas raízes descoravam-se. Havia tempo não os tingia. Segundo o marido vaidade naquela altura já era coisa de terceiro plano, além do que despenderia muito dinheiro. E com ele ela aprendera a economizar sempre: só comprar o estritamente necessário, frequentar a feira no final da manhã, escolher os legumes menos vistosos, jamais exorbitando nas frutas. Ou só bananas. Ou só laranjas.

–Vai ter pera em sua casa, filho?

– Claro, mãe. E uvas, pêssegos, figos e ameixas.

Ela bateu palmas feito criança.

E possuíam uma grande fortuna em tempos difíceis. Mais difíceis ainda porque ela passara toda uma vida economizando as suas pequeninas fomes, as suas tímidas vontades e os seus sonhos que de modestos viraram poeira. Ela era apenas um reumatismo.

Mas muito honrada ouvia o marido dizer em todas as ocasiões solenes – certamente também hoje ele discursaria – que ela era a santa que ele tinha dentro de casa e que por isto mesmo ele a respeitava sobremaneira. (Apesar de vários episódios com amantes que a família de cor sabia e fazia de conta pois que assim soía.)

Ele envelheceu economizando sobretudo gentilezas no amontoado de suas próprias exigências. Perdeu afetos, perdeu amantes, perdeu prazeres. Só não perdeu dinheiro. E tinha a santa de dentro de casa temendo a sua onipotência, pajeando as suas doenças e lavando os seus lenços escarrados.

Afinal chegaram. A família os aguardava. Os netos permaneceram a contragosto, o pai lhes pedira que fizessem de conta. Herança era um argumento irrefutável. A jovem sonhava com uma televisão em seu quarto e o rapaz desde muito cedo já ouvia do velho acerca das certeiras manobras para que o dinheiro rendesse. Almejava apenas possuir uma conta bancária para praticar os ensinamentos do avô.

– Por favor, senhor Honório, venha sentar-se à cabeceira. O lugar de honra é seu.

Ele nem sabia o que isto significava, houvesse um prato, talheres, um copo e muita comida.

– Sente-se aqui, dona Eudóxia, pertinho do seu marido. Que casal bonito! – soleníssimo chavão.

Ela estava olhando para a enorme fruteira repleta de novidades.

Cumprindo a orientação do pai, os netos gracejavam.

De repente a mesa se transformou em um cenário de banquete romano. A família desapareceu por entre as imensas travessas enfileiradas no centro.

A partir desse instante as bocas não emitiam vozes. As pessoas transformavam-se em estômagos poderosos. Os familiares gostariam de fazer de conta que o cardápio lhes fosse habitual. Os velhos não podiam disfarçar o som contundente das dentaduras. Mas ninguém os observava. Cada um por si, todos sozinhos. Eram um só apetite multiplicado desde o outro ano. Misérias tantas condensadas num prazer quase obsceno.

Antropofagia?

O velho se serviu de leitão pela quarta vez, porque estava em casa alheia. Do filho. A enorme pedra verde do anel às vezes cintilava aos olhos do neto. Ele passou a querer usá-lo. Serviu-se de mais macarrão.

O suor escorria pela testa da avó enquanto ela devorava uma perna de cabrito, os olhos fixos na exuberante fruteira.

Com o garfo na boca a neta encarou a velha sem enxergá-la. Sonhava com a televisão em seu quarto.

O pai num supremo instante de reflexão rezava para que sobrasse alguma comida para o dia seguinte.

Os ossos do leitão faziam-se expostos. Na outra travessa, só uma nódoa de molho. Numa outra, apenas uma colher afundada numa poça de gordura.

O velho não conteve um arroto e pediu mais vinho. Sua pobre santa transpirava a seu lado ainda namorando a fruteira. Eram outros os prazeres dela. Ele fez de conta.

Os netos se estufaram e pediram licença. Partiram com suas demências.

A nora se desculpou pelos arroubos da juventude. O marido endossou. Os velhos deram de ombros e quiseram mais vinho.

O anel reluzia ainda como um símbolo impossível. Mas ninguém sabia por quê.

O velho arrotou novamente. A velha não parava de

transpirar. Levou a mão à testa e consumou a desfiguração dos cabelos. Quis uma pera.

A nora satisfez seu desejo. O filho não perdia a esperança de que sobrasse alguma coisa para o dia seguinte. Mas teve que abrir outra garrafa de vinho. O velho estendia o copo na sua direção. O anel brilhava intensamente.

A nora perguntou à velha se ela queria outra pera. Ela aceitou. E pediu as uvas também, e os pêssegos e os figos e as ameixas. O filho disfarçava a penúria, olhando para os bagaços. Eram as regras do jogo.

Como a mesa se transformasse num antigo cemitério revolvido, as dentaduras finalmente emudeceram. Um sono secular os envolveu. Apenas o anel reluzia em todos os sonhos. Por entre arrotos e suores, as bocas se foram transformando em risos amarelos. A pedra não parava de brilhar. Sem fazer de conta, era a única nota genuína do espetáculo.

O velho se distraiu e afirmou que aquela mulher a seu lado era a santa que ele tinha dentro de casa. Transpirando muito, ela escutava honrada. O filho e a nora emocionaram-se diante da cena.

Havia ainda uma pera de sobra. A velha perguntou se poderia levá-la para casa. Gentilmente a nora cedeu.

O velho se apoiou na bengala e o anel ficou bem à mostra. O filho desejou que ele morresse e sentiu uma breve tontura. Confundira-se no jogo de faz-de-conta. Era o vinho, com certeza. Quis acreditar que o cardápio não fosse habitual.

Era tarde.

O velho queria dormir. A cortina aberta o aguardava

com um pedacinho de céu cinzento espremido pelo avesso dos edifícios.

O filho foi então levá-los, sabia que o velho se recusava a gastar dinheiro com táxi.

A mão ia apoiada na bengala, deixando bem à mostra a enorme pedra verde do anel. O filho sentiu-se coroado. Uma única vez naquele ano. Em nome da família. Ainda viu a mãe levar a mão ao estômago. Mas fez de conta.

Afinal chegaram e ele imediatamente partiu. Era tarde.

Através da janela, o velho olhou o pedacinho de céu cinzento. Fechou a cortina.

A velha se abandonou no banheiro, a porta meio entreaberta.

Ele foi para o quarto, bocejou, tirou o anel e guardou-o na gaveta até o ano que vem.

Enquanto, com a porta entreaberta, ela vomitava – resgatando as suas pequeninas fomes, suas tímidas vontades e o ranço de seus sonhos – ele se deitou sob o enorme ventre, arrotou e dormiu. Como um animal empalhado.

PORTÃO DE EMBARQUE

Após catastróficas perdas e danos – assim dramatizava ela – a mais ou de menos só lhe sobrou a devoção nos anjos e a crença em uma outra vida – de preferência em algum céu, pois que do inferno já se fartava purgando, de infernos o mundo andava cheio, e também nela a vida incandescendo.

No novo e pequeno apartamento, qual labareda a mudança entrou. Chegava como que de saída. As roupas permaneceriam nas malas, os quadros no chão atrás do sofá, a louça empilhada sobre a mesa, surpresas e mistérios encaixotados, cada coisa em indevido lugar, até que os anjos anunciassem a palavra de ordem. Até que – o lema, o tema, o anátema – pudesse ela finalmente retornar ao anteontem, ao velho casarão para sempre perdido, a bagagem então pronta para o retorno, este embarque impossível. Porém, sonhos não se inventam, os sonhos é que nos plasmam – porque mal - sabemos de nós.

De saída – jamais entraria ela de fato. De ato, muito menos.

Naquele apartamento então, portão de embarque – fervorosa vontade, certeza anêmica – só uma estadazinha seria, até que o futuro em curtíssimo tempo se manifestasse em apoteose pelo menos, justíssimo e reparador. "Quem pratica o bem com o bem será ferido" – ela caducava em provérbios. Piamente crendo naquilo que dizia. E nos anjos.

E assim, pelas paredes afora, grudava gravuras de seus protetores, e salmos recitava – súplicas, clemências – que bem cedo chegasse a hora da mudança, o voo certeiro, sonhos é que não se inventam.

Mal-chegada, sair urgia. Questão de dias, alarmava-se. Mas para quem perde a hora no destino, sala de embarque bem pode ser o resto da vida. Saber, de cor e salteado ela blefava, mas tal lógica reverter era lá com os anjos. Que milagrassem pois a porta de emergência. Afinal se asas tinham, lerdeza é que não podia ser. Era só com devoção pedir, e bem depressa desfrutar da graça. E com muito dinheiro de preferência, todo aquele que já para trás ficara. Fé bem que tinha e de sobejo, com humor e a torto e a direito, "Quem pratica o bem com o bem será ferido".

Convicta de si, seus próprios fantasmas – pessoais e intransferíveis – exorcizava no outro. Passou a odiar toda e qualquer autoridade, de políticos em geral ao síndico do prédio, segundo ela, todos responsáveis pela situação de decadência em que se metera – por conta própria, e por pura incompetência. Distrações. Todavia, um pouquinho ainda possuía daquele muito que perdera, dramatizando o desconcerto em absoluta ruína – embora.

Em seu provérbio crendo, por fazer amizade estreitíssima com um andarilho que volta e meia circulava por aquela rua, ela culminou. Dava-lhe de comer e de beber, a cachacinha santa de cada dia incluída, o agasalho no inverno. "Que todos os anjos lhe abram a porta" – gratíssimo retribuía ele – esta mágica profecia. "Amém" – de fé tanta ela endossava – "Justiça seja feita a mim e a ti". Aquele outro-eu em pleno abandono – qual cão sem coleira nem vacina – à mercê do azar. Afinal, o fidelíssimo espelho que ela queria. De forma que também providenciou coleiras, vacinas e alimento para os três cães que o acompanhavam.

Muito tempo não passou e os três cães mais o Andarilho já haviam fixado barraca ali na calçada, naquela rua nobre bem em frente ao prédio dela.

E – evidente é – armou-se árdua contenda dos de dentro contra os de fora: – Aqui é que não fica essa cambada de vira-latas!

E entre os moradores do prédio mais a vizinhança toda, a multidão lá se avolumava em meio a tapas, pontapés, xingamentos por antipatias mútuas, ou neuroses outras – como sói ocorrer.

E então, lá compareceram polícia, ambulância, corpo de bombeiros, jornalistas, repórteres de tevê. Escândalo formado, bate-boca de cá, de lá, de acolá – ânimos enraivecidos, vaidades expostas – multiplicavam-se queixas, acusações, denúncias, rixas pessoais. Mesmo porque, em caldeirão de bruxa, quem não há de meter a colher?

Foi quando, bem no centro do picadeiro, ela bradou o veredicto:

– Chega! Já que vocês montaram o circo, agora é que eles ficam mesmo! E os insatisfeitos que se mudem!

E eram tantas as mazelas íntimas de cada qual, que – sem como e nem porquês – passado um tempo – ninguém mais já prestava atenção aos de fora. A contenda do antes se acomodaria na indiferença do depois.

E claro é que ficaram: os três cães mais o Andarilho. E é óbvio também que entre satisfeitos e insatisfeitos, lá permaneceram os que de destino permaneceriam, e que de lá se mudaram os que já estariam para se mudar.

Menos ela.

Todavia, ainda voava muitíssimo além:

– Só não levo vocês lá para cima, porque não há espaço de tanta bagunça: minha mudança está prontinha para sair. Mas prometo: Vocês quatro vão comigo: tenho uma casa enorme!

Da hipoteca, entretanto, nada dizia. "Que todos os anjos lhe abram a porta" – reconhecido, o Andarilho agradecia – em júbilo naufragando-se. "Amém" – ela endossava: "Quem pratica o bem com o bem será ferido".

Porém ainda que crendo, e uma anunciação para qualquer momento aguardando, verdade é que – silenciosíssimos – os anjos tardavam.

E não sem razão, uma terrível fobia de tudo o que voasse, ela começou a vivenciar. De helicópteros principalmente. E assim, cada vez que algum sobrevoava o prédio – incontáveis vezes por dia – se asas ela tivesse, as enrolaria em torno da cabeça. Com braços pouco já se contentava. Mal se resolvia.

Como os sonhos nos inventam, porque mal-sabemos de nós, um dia amanheceu e ela cismou que asas lhe cresciam nas costas, tomando o lugar dos braços. Ao que o Andarilho de pronto objetou. Ainda que de bem fosse, asa nenhuma viu, dois braços bem roliços apenas. Era de se imaginar a agonia dela, aquela mudança crucial que vez nenhuma tinha.

Insistia ela porém no delírio e nos anjos. Acabrunhava-se ele em conclusão sumária: "de vez ela enlouqueceu!".

Convencê-la preciso era. Tentar, bem que tentava, mas conseguir é que eram elas: abrir mão da loucura é, para sempre trancar a porta de saída. Todo louco é disto que sabe.

E foi assim que numa noite tempestuosa, ela sonhou com todos os anjos em coro, asas abertas. Pura revelação. E de manhã cedinho, sentindo-se do bem ferida, escancarou os braços e alçou voo do vigésimo andar.

E após o seu instigante sumiço, ninguém sabendo para onde e nem por que, o Andarilho – de mãos postas e pés juntos – permaneceu jurando que a vira desaparecer por entre as nuvens, naquela datada manhã de intenso vendaval.

SP-450

Tão exatas e conclusas, como se bastantes as palavras já não fossem, dos livros dela choviam coisas. De pétalas secas a postais em branco e preto, velhas cartas, programas do Teatro Municipal – dos concertos da Guiomar Novaes aos balés domingueiros da Maria Pia Finochio, passagens da Real Aerovias, recortes de antigos jornais – desde a Semana de 22 ao Crime da Mala, e de todos os crimes dos malas sem alça da história da vida pública brasileira, este "sanatório geral" chicobuarquemente passando – de livro em livro – e também ingressos para o Circo Piolin, fotografias de ingênuos palhaços, e estrelas – dobraduras de serpentinas – resquícios de carnavais, em cada livro – como se um cofre fora – uma memoriazinha dela enfiada, restos de laços e de nós do tempo, em avançada decomposição – rotos retratos, seiva dela – em licença poética vai ver.

Seus bens de família – poucos e certeiros – já tramavam um óbvio destino entre ela e a vasta biblioteca. Além dos livros, também a caneta de ouro herdada do pai que poetava sonetos. Ora, direis. Mas a estrela em questão – ela – era cadente, desde o tombo precoce que mutilou para sempre sua carreira de bailarina.

Porém a qualquer custo bailarinar-se era preciso, ainda que só com as mãos fosse. Mas na coreografia de lembranças tantas, o dom da palavra não lhe fazia o gesto escritural. De modo que no impossível *pas de deux* com o verbo, a tal caneta estigmatizou-se troféu em avesso, mera efeméride, herança em padecimento.

E com tal pena claudicava ela um sol lá ré si mi dó – doendo-se, na urgência de reinventar os passos na ponta dos pés. Foi então que a bengala com cabo de âmbar herdada do avô entrou para consumar o terceiro tempo da valsa mortificada. De tropeço em tropeço, acabou por cair de boca nas delícias da biblioteca e – com os óculos incrustados de pequenos diamantes – herança da mãe – colou-se aos livros como uma placenta. E assim, na lida do lido e relido, mas com verve de bailarina, seguiu ela valsando suas relíquias por entre as páginas, coreografando memórias incontáveis – a fio e por um fio – neste país em que tudo se perde e nada se transforma.

Assim como quem um livro lê e – na dança das palavras – vai enfiando e desfiando a alma em reminiscências, lampejos, fogos-fátuos, clarões boreais – fugidios laivos de inspiração – ela – além de – metade silêncio, metade arrebatamento – despetalava-se. Não que ela não coubesse na palavra. Cabia. Era a palavra que nela não cabia, ou a ela não cabia ao ponto de lhe escorrer dedos afora. E a sobra tanta em desassossego, bailarinava-se. Em vez de poetar, ela coisificava. No entremeio das páginas versava seu ato-poema-mudo: estro de biografar-se, de inventar-se corpo no pontiagudo revés do mundo. Pluviosos os livros dela: restos em perpétuo despencamento.

E assim foi, até a assombrosa hora da magna releitura, quando – do "Carnaval" do Bandeira – desabou uma torrente de desbotados confetes dos tempos dos corsos na Avenida Paulista. E ela – num solapante susto – se soube antiquíssima, quase centenária.

E naquela fecunda solidão – ela e os livros, os livros e ela – povoadíssima urbe, após mapear assombramentos e atalhos, com intenções segundas – porém honestíssimas – acabou por contratar uma governanta com ares de prestimosa, culta, reservada e – não tão principalmente – com um quê de indecifrável – esta sombra incomodazinha que – perante o olhar do outro – não há quem não a tenha colada em si.

E enfim sentindo-se salva, pôs-se em sossego naquele seu bem versado mundo de papel. E enquanto a governanta permanecia cozinhando a sopa em banho-maria, ela ia entendendo que desvelo fosse, pois que não há espelho algum que não deforme a cara, ainda que caros sejam os rostos dos nossos afetos. E assim, mal sabendo em qual cartilha então se despetalava, assinou um testamento que em breve legaria os seus bens à dita cuja. Obstinada clareza em fechado anoitecimento.

Fervente estava a sopa, e de afeto se comprazia ela.

Até um nada belo dia em que – não tão de súbito na gestação do destino, porém subitamente no engasgo da farpada hora – desapareceram os óculos, a bengala, a caneta – e, obviamente, a governanta.

E ela então, do fundo do poço, no obsoleto telefone discou 190. O dedo em âncora. Perplexa, detalhou a perda, as circunstâncias, a dor e – em vermelho sangue – sublinhou a súplica de que – de imediato pois o socorro comparecesse.

Diante dos olhos dela, sobre a escrivaninha, um dicionário aberto escancarava o verbete "despautério" e, bem naquela página, jazia uma foto do palhaço Arrelia com uma cara de "muito bem, muito bem, bem, bem" – enquanto enterrada viva estava ela sendo, sob o videoclipe do policial pagodeando do outro lado da linha: "pois é dona, tudo isso é muito terrível, mas foi apenas um furto e a gente só vai quando tem vítima", e ainda arrematando em desfiada que, portanto, a ela caberia se dirigir ao D.P. mais próximo para registrar o B.O.. E que portanto, portanto.

E assim, etceteramente bebendo desse esgoto, na consagração da lama, os erguidos braços bradantes de misericórdia se chocaram contra a estante. De onde despencou o "Pauliceia Desvairada".

E no enquanto da queda, de dentro dele brotou voando uma flamulazinha triangular metálica que, em chuva de prata, atingiu-lhe o peito. Como uma faca. Ou uma pá de cal.

COMPAIXONADOS

Como se uma fábula fora, desde o princípio, ela era cega e ele, surdo-mudo. O nó górdio que enfim a cada qual de nós sói. Nosso aleijão. O dó de si lá musicalmente bem nas entranhas. Partitura sem sóis. Também como sói.

A história dela não tinha um começo. Densa névoa desde o princípio. A pergunta enigmática, esfumada, sem resposta portanto. A história dele não tinha fim. Linguagem de sinais a alguns poucos dissemelhantes de alma, a frase nodal muda-mudada em estereótipos, a quem de direito fosse. A verdade dele não sendo e sem resposta portanto.

Então, à beira do precipício, em pleno labirinto, ambos encontraram-se ao acaso no ocaso, épura traçada entre a enevoamento e o silêncio.

A princípio, este apenas: ela era cega e ele, surdo-mudo. O suficiente. Pois que é na falta que o faro humano se refestela. É na fenda do outro que o eu se reconhece e se tece prepotente. Auge do imaginário alucinando o uno. Todo amor nasce desse umbigo.

E assim, era já muito da vida passada, pesada e medida, o susto solitário de cada qual, cada qual a costela dolorosa de si arrancada, o barro amorfo na avidez do vir-a-ser-corpo. Cada qual um livro fechado à mercê de cupins, cada qual um enredamento cego-surdo-emudecido. E o mundo repleto de caras não vistas, de sons inaudíveis, impronunciáveis.

Todavia, já que ninguém jamais terá tudo visto, tudo ouvido e tudo dito, quem não carrega um repertório mais ou menos vasto de obscuridade e de silêncio? A quem o zênite permissível da certeza não se abisma em labirinto?

Afinal, a fenda. Ei-la. Em estado nu e cru. Da linguagem, descaminhos. Do desejo, instigações.

E nessa hiância foi que, a quatro mãos, passaram a palmilhar-se, perscrutar-se. A quatro mãos esculturavam-se ambos os corpos, de um a outro – das costelas doloridas rudimentares, barro narcísico – tudo o que pode o prazer inventar. Cegosdamor, surdolhos. De um a outro os adjetivos imiscuíam-se, interpenetravam-se na fluidez dos corpos amor-tecidos. Amor-talhados – essa despromessa. Porque todo afeto faz nó. Nó cego. Surdo-mudos nós – pois que, quanto ao amor, antídoto não há. Amor é anestesia. Todo eu em causa própria habita a casa alheia. Resistentíssimos espelhos.

De modo que, bastante o amor não sendo, em nome do bem do outro, urgia a cada qual reinventar o mapa da paisagem alheia.

Mas todo amor destila tanto o elixir quanto a peçonha.

E foi então que em um amanhecer, vendo ele o sol rasgando a densa névoa, a luz a escancarar o mundo aos que olhos têm, desejou que isto a ela acontecesse: que olhos tivesse. E ali, ela atentíssima à orquestração da natureza, já conhecendo de cor a partitura a inaugurar o dia aos que ouvidos têm, em olvido, desejou que ouvidos ele tivesse.

E na épura traçada entre o enevoamento e o silêncio, os desejos se cruzaram em nó. Nó-cego-surdo-emudecido. Profecia em avesso. Porque o Verbo é capaz da gênese da qual pouco ou nada sabemos. A palavra, a um só tempo, é a ausência e o dom. Pacificidade e truculência.

E foi assim que, em nome do bem que um ao outro queria, a peçonha de cada qual se consumou no âmago da falta alheia – como potentíssimo nó nas tripas.

Dádiva ou maldição, ela passou a ver; mas de tanto não haver enxergado, surdo-emudeceu. Ele começou a escutar e a falar; contudo, de tanto não haver escutado, cegou. Consubstanciava-se, afinal, a rotura de um no rombo do outro, pois que – no labirinto de espelhos – são muitas as portas de entrada para o eu. E nenhuma de saída. Fazer das tripas coração?

No princípio ela era cega e ele, surdo-mudo. Apenas. Tão somente adjetivos. Adjetivos são contingências – essa marca humana – para o bem e para o mal – na lógica dos pares: disparidade de eus.

Mas neste desterro narcísico caberia qualquer adjetivação. Assim: poderia ser que um fosse poliglota e o outro, gago. Ou um talentoso e o outro, estéril. Ou um desértico e o outro, insaciável. Ou um acrobata e o outro, coxo. Ou, ou. E que então, cada qual amaldiçoado na fábula de dois gumes, poderia bem ser que o poliglota viesse a taramelar, que o gago se engasgasse no gole do prazer, que o talentoso suicidasse, que o estéril ensandecesse, que o desértico se afogasse num copo-d'água, que o insaciável morresse de sede, que o acrobata perdesse o chão e que o coxo se equilibrasse no arame farpado.

Ou que – enfim eivados do veneno – este mal de todo bem-querer, poderia apenas ser que cada qual simplesmente cegasse, ou surdo-emudecesse, assim como era no princípio, e – *per omnia saecula saeculorum* – também.

DOIS SANTOS

Ambos não se conhecem, mas virão a se ver – não sem sobressalto e luminescências – num *flash* banal do cotidiano, questão de nomes cruzados e caras espelhadas – no mesmo *X* imprevisível da desordenada ordem dos fatos, cara ou coroa, conforme o diabo prevê e, caso Deus não queira, que por conta permaneça o *hasard* em excesso de céus, de seus, pronominalmente restificados em ruínas: o recrudescimento do mundo em infernos.

E que o primeiro deles seja o nome. Aquele que vem tatuado na carne, o rosto em 3 x 4 e mais as impressões digitais, cada mapeamento um eu, cada eu um labirinto. Cada cara na (a)versão de si e não valendo o focinho alheio – na terra dos cada-quais, ainda que xerocadas de si mesmas, tanto evidenciando o desbotamento da tinta, quanto a vulnerabilidade do papel, pois que a carne – esta sim – culmina mesmo em esqueleto e em pó. Não há escritura que não enfatize este fim: o instante único e inquestionável em que a moeda cai de pé.

Cara ou coroa?

Cada eu cada destino. Assim é que ambos tropeçam distraídos, aliás como qualquer dos cada-quais; no caso, cara mesmo sendo, ambos com o mesmíssimo rosto e nomes cruzados, circulando na mesma cidade. A princípio, mero acaso de haver espelho. Mas, se espelho há – ainda que de esguelha – há que se meter o olho na cara inversa e vitrificada, pois que aquilo lá – afinal de contas sou eu. No cara a cara – fere ou confere?

Todavia, de cara dura e *in vitro*, ambos irão morrer no mesmo dia, em circunstâncias diversas, embora, pois que nem nas coincidências o destino é perfeito. Se o homem põe e põe, o *hasard* tira e tira.

Irão morrer ambos daqui a poucos dias. Não desconfiam. Como nenhum cada-qual desconfia. A vida protela a esperança no cara ou coroa de cada dia, difícil muitíssimo é a moeda cair de pé – imagina-se.

Contudo era o Destino ali como uma pedra posta estando, uma moeda em pé girando, prestes a cair em veredicto. De um lado só. Cara ou coroa?

Quando Santos Cordeiro meteu a mão no bolso e retirou duas moedas para dar de gorjeta ao garagista, ambas deram coroa – e foi bom, porque assim ele nem exorbitava e nem amesquinhava, o justo valor lhe era algo a ser pesado, esmiuçado e perseguido, afeito que era às justezas e às justiças, a seu modo perfeccionista, cada eu em cada qual juízo, a meleca do mundo fermentando – o pão nosso de cada dia, dar-nos assim – apraz?

A paz – estazinha – aprazia então a Santos Cordeiro, cada coisa em seu lugar devido e a seu tempo, a vida como um ossário. Guardanapos branquíssimos, empilhados por entre os sachês no armário, as bocas que não os maculassem no beijo distraído de gordura. Uma vocaçãozinha difícil para o impossível. Que restos não houvesse, nem máculas, nem traços, estar em branco foi o jeito que ele inventou para escapar de si. Santos Cordeiro preferia endurecer o pescoço a dar o braço a torcer. Cordeirizar-se era o verbo que ele conjugava na própria carne, uma camisa de força.

Então, deu a gorjeta ao garagista e entrou no carro com um bilhete aéreo metido no bolso do paletó. Cara ou coroa?

Deixava a agência de viagens como quem sai de um consultório médico. Para ele a vida era um diagnóstico – com uma prescrição para os acertos. Só para os acertos. Uma bula que vaticinava todos os efeitos maléficos, caso ele soltasse uma amarrazinha que fosse de seu portentoso ego. E além do mais ele sofria de um faro sem-vergonha, pois mais além lhe era crucial detectar mazelas, já que aquém do menos, ele era zero. Ele não se bastava à própria cara.

E muito embora fosse a Paris, é claro que farejaria só imperfeições e as tabularia – uma a uma – para exultar-se diante do seu prontuário. Orgulhar-se do seu olho clínico – esta prepotência – lhe era a via única do prazer.

Naquele exato instante em que Santos Cordeiro se encaminhava para o carro, também Cordeiro dos Santos – não muito longe dali, acabava de deixar um centro médico, como quem sai de uma agência de viagens: para ele a vida era um roteiro perfeitamente programável e plenamente exequível, numa equação de igualdades. E sem resto. E foi com esta certeza absolutíssima que meteu no bolso do paletó um envelope com o resultado de um exame clínico. Cara ou coroa? Porque quando pegou duas moedas para dar de gorjeta ao garagista, deu de cara com um arranhão na porta do carro. A mácula. E numa crise de cólera, as moedas rolaram chão abaixo e foram jazer num bueiro. E foi bom, porque – dado a justezas e a justiças – assim ele se vingava das imperfeições do mundo e se enrijecia de vez na franqueza do seu ódio. Cordeiro dos Santos preferia petrificar-se a se abandonar à fluidez da vida, ao cara ou coroa de cada dia. Que – inclusive – poderia vir a ser o último. Uma vocaçãozinha difícil para o impossível. Não roer o osso duro de si. Que dejetos não houvesse, nem riscos, nem nódoas. Santificar-se foi o jeito que ele inventou para não dar o braço a torcer diante da sua arrogância. De seu olho cínico. Um ponto cego. Prazer em avesso, desperdício, vertências bueiro abaixo.

Ademais, no recalcitrante menos de si, ele sequer intuía o óbvio, que a vida é sem ponto final, conclusão é que não há, e que viver é começar por reticências e terminar na vírgula. Não há outro jeito. Muitíssimo pior que um fim, a morte é a interrupção intraduzível de um texto que não cessa. Morre-se na vírgula – em suspensão portanto – e portanto, o aprazível seria bastar-se à própria cara em verso e reverso. Como uma árvore sendo no abraço da terra – esta pontualidade – Amor em estado puro.

Enquanto dirigia, Cordeiro dos Santos automatizava-se assim: "Daqui a vinte minutos já estou em casa prontíssimo para cumprir o meu hoje que o amanhã copia",

,"não tenho pudor algum quanto à rotina insossa – respondia para si Santos Cordeiro, também ao volante – a monotonia de cada dia me traz segurança", então a poucos metros de Cordeiro dos Santos, na distância do acaso de uma moeda girando, prestes a cair de pé.

A rua estreitíssima pela qual trafegavam – havia séculos de distrações – desembocava na ampla avenida. Uma promessa? Porque estava sendo ali que ambos os santos, dois cordeiros – já quase se emparelhavam.

Mas foi no vermelho do farol, numa transfusão de cores e bolores que, lado a lado, ambos se coincidiram pela primeiríssima vez. Última sendo. A moeda de pé estancada. Puro acaso. E então, lado a lado, cara a cara – cada qual no outro se viu e se riu – em plena queda livre, despencamento em si até o fundo do bueiro, conferidos e feridos de vida. Fulgurações.

E com chaga hemorrágica – sem indulgência alguma – permaneceram alguns segundos com as mãos postas na ave-maria e no cruz-credo que a vida é – até o exato instante em que o farol se escancararia para o nunca mais.

Então, em reverência distraída ou como quem se abraça a si próprio, ambos levaram a mão ao peito. Um tocou a passagem para um voo que não chegaria ao destino; e o outro, o veredicto de um exame com um diagnóstico sombrio.

EPÍLOGO

Até que na inóspita hora bendita – sem cerimônia alguma e em adversidade embora – cada qual – pé ante pé – foi adentrando no próprio dicionário:

Com a cara metida no álbum de fotografias, ele se procurou. O agora não lhe bastava. Página por página, nas idades das suas caras, assustava-se – da infância ao futuro encurtado de si.

Pela primeira vez – e definitiva sendo – metia-se em lucidez:

– Gozado – ele pressentiu concluindo – devorando-se nas caras do papel: – Eu rio triste! Em mim, tudo encalha, nada calha, essa comporta travada, anoitecida de mim!

Vomitando então o esgar da boca paralisada em retratos, ele ecoava aos murros:

– Eu rio triste! Rio triste!

Do outro lado do muro, nesse agora amanhecido, ela, de cara com o espelho, recapitulava uma clarividência:

– Gozado – (milenarmente ela se colecionava em cachoeiras) – em mim tudo flui, nada retenho, esta minha cara antiga, mortalmente esvaziada de mim.

– Gozado – ela então enfatizando as torrentes da aurora, ecoava ao muro:

– Eu sou um rio triste! Um rio triste!

E assim apartados desde – cada qual em seu degredo – adestradíssimos porém no amor-talhamento – juntos, apodreceram para sempre.

AO MENOS UMA ÚNICA VEZ

para Lygia Fagundes Telles

Quando anoiteceu ele chegou em casa e dirigiu-se à sala principal. Encontrou a mulher aconchegada no sofá, lendo Edgar Allan Poe. Ela o olhou desinteressada não esboçando o menor gesto de se levantar. Ele então se aproximou e beijou-a na boca sem nenhum ardor. Não era a primeira vez que esta cena acontecia. Nem a segunda.

Então ele entregou a ela uma pequena caixa arrematada por um laço. Que ela foi desmanchando devagar. Silenciosa. Desdobrou a comprida echarpe de seda roxa, disse obrigada e abandonou-a displicente a seu lado. Dobrou os joelhos, colocou os pés sobre o sofá, ele prosseguindo com o ritual diário, pondo duas pedras de gelo num copo de cristal e derramando seu uísque predileto:

– Com gelo?

– Não. Prefiro um vermute bem seco – os olhos presos à leitura.

Ele a serviu e se afundou na confortável poltrona de veludo. Foi passando os olhos por todo o ambiente, um tenso disfarce. Afrouxou o nó da gravata, respirou fundo.

– Mônica, precisamos conversar.

Como se pressentisse o desfecho ela tirou os óculos e abandonou o livro sobre os joelhos. Encarou-o:

– E então?

De tão profundo o mal-estar ele já não percebia aquela frieza, a indiferença tão dissimulada por ele próprio nas pequeninas gentilezas habituais. Mas sabia que a realidade se configurava bem oposta ao teatro rotineiro. Acendeu um cigarro, tragou fundo.

– Sabe Mônica, eu a considero muito, temos sido companheiros há vinte e sete anos, fizemos um filho inteligente,

– Por favor, Rodolfo, seja mais objetivo – interrompeu ela, imutável e enérgica.

Ele suspirou agitado, tomou alguns goles seguidos do uísque e, girando o cigarro por entre os dedos, preferiu ser direto.

– Mônica, eu preciso me separar de você.

A mulher, cinicamente como quem já conhece muito bem as surpresas da vida, provocou:

– Precisa ou quer?

Ele bebeu outros tantos goles, tragou o cigarro e encurralado arrematou:

– Sim, quero. Eu quero. – E baixou a cabeça, soltando uma nuvem de fumaça.

Ela desviou os olhos para o imenso portal de vidro e enxergou a exótica piscina lá fora. Incontáveis folhas boiavam secas na superfície da água. Bem no centro, a estátua de uma soturna mulher permanecia com as mãos abertas, timidamente erguidas para o céu. E vazias. Os reflexos da lua empalideciam ainda mais o rosto marmóreo da escultura. E a noite seguia avançando sem nenhuma hesitação, com o natural determinismo da ordem das coisas.

Ela voltou a encará-lo e bebeu de uma só vez todo o vermute de seu copo.

– Quem é ela, Rodolfo? Que idade tem?

Ele passou a mão pela testa tentando reter o suor; despejou mais uísque no copo. Bebia afoito.

– Não, Mônica, não é bem assim. Não pense que me está sendo fácil, porque não está. Eu não tenho culpa se

– Mas eu não disse que você era culpado – ela afirmou com voz potente, inabalável na postura. Como uma estátua.

Ele perdeu a calma de vez.

– Está bem, você não disse. Mas podia estar pensando. – E extravasando coragem, cheio de gestos, com o copo em uma das mãos e o cigarro na outra, foi concluindo de um só fôlego: – Aconteceu, Mônica. Aconteceu. Simplesmente. Eu não tenho o dom de controlar a vida o tempo todo. Você tem? Há o imprevisível. E ele acontece. Esteja certa disso: ele acontece. Poderia ter sido a você, não poderia? Pois bem, foi para mim. Ou você acha que eu planejei me apaixonar por outra mulher!

Ela puxava a echarpe por entre os dedos, mal suportando a coragem daquele homem. Mas perder a altivez, jamais !

– Calma, Rodolfo. Também não precisa se exacerbar. Eu sou capaz de entender. – E depois de uma pausa completou – Até isso eu sou capaz de entender, acredita?

A echarpe permanecia amarrotada por entre os dedos crispados como que atando-lhe as mãos desde um tempo remoto, proibindo-a de mergulhar, sucumbida pela inércia, pela inaptidão, pelo pavor.

Uma vez na infância, o pai retirou-a de uma piscina, enquanto ela se debatia, quase começando a nadar. Depois disso, a vigilância foi redobrada para que nunca mais ela se arvorasse num mergulho. Tão ingênua esta menina, repetia o pai. Nada sabe sobre os perigos do mundo, alertava sempre.

E um dia na escola, ela que sonhava tanto dançar em uma grande festa, participar do balé tão ensaiado, começou a ficar cada vez mais hirta, aprisionada pelo mergulho solto das outras meninas. Como uma estátua. Quando a professora alertou: "Vamos lá, coragem!". E ela então, num surto de mimo e timidez, arrancou-se do espetáculo. E morreu de outro jeito, porque fora das águas foi secando para a vida.

E quando ingenuamente se imaginava adulta o pai observou: "Filha, eu não entendo por que você não se casa com o Rodolfo. Ele não lhe dá segurança?"

Ela entendendo que fosse uma ordem, cumpriu-a ao pé da letra.

E o amor? Muito mais tarde, excessivamente tarde para quem não mais se dá a possibilidade da véspera, o amor chegou. Mas ao receber essa graça ela pensou que fosse castigo. Como mergulhar, resgatar-se, morta desde anteontem? Se era assim tão frágil, como sucumbir ao risco? Quem era ela para contrariar a perfeição do homem tão forte que a trazia segura e protegida? Vamos lá, coragem, disse então a professora. Nada sabe sobre os perigos do mundo, alertava o pai.

Ela não submergiu. Escolheu estar. Como uma estátua.

Havia então uma enorme folha seca na mão da estátua. Pálida de luar. E o sol? Talvez amanhã. Porque ele sempre aparecia amanhã cristalizando a água e desnudando o fundo de pedras. Só que ela nunca soube amanhecer.

O homem apagou o cigarro com veemência, comprimindo-o contra o fundo do cinzeiro.

O livro de Edgar Allan Poe permanecia por sobre os joelhos dela, aberto numa página de enigmático terror. Ela se ergueu, serviu-se de outro vermute e reaconchegou-se tensa na posição inicial.

– Eu entendo sim, Rodolfo. Não se preocupe comigo. Eu entendo muito bem. Difícil para mim é admitir a sua coragem. – E arrematou: – Apenas.

A frase sugeriu que a conversa terminasse por aí. Ela ficou inafetiva. Como uma pedra.

A serviçal apareceu na grande porta e anunciou que o jantar estaria servido. Eles se levantaram quietos e foram caminhando para a outra sala.

Os olhares não se cruzavam. O apetite era infame. As cadeiras pareciam não comportar aqueles corpos e ambos se sentiam como uma cadela que no momento de parir se acha fora do ninho apropriado.

Temendo feri-la ainda mais que o necessário, paternalmente ele tentava ser gentil:

–Você quase não come, Mônica.

E ela encenando uma falsa meiguice:

– É que falta tempero. Eu não consigo sentir o tempero.

E emudeceram.

Quando foi servida a sobremesa, abrindo um novo ato, ele retomou as cômodas gentilezas diárias:

– Sabe, Mônica, amanhã vou mandar limpar a sua piscina. Está muito cheia de folhas.

Irônica, ela respondeu com ar de revolta:

– Para quê? Se eu não sei nadar! E ainda mais com esse frio!

– É, acho que você tem razão – concluiu ele, preso à mastigação difícil.

Travou-se então um árduo duelo entre o silêncio das bocas que mastigavam desconvictas a nauseante compota.

Antes de ir deitar-se ela ainda retornou ao sofá, querendo concluir a leitura interrompida. Mas não conseguiu. A visão da piscina lá fora contava-lhe uma outra história meio difusa. O destempero do presente? A inércia do passado? Vamos lá, coragem, disse então a professora. Tão frágil a minha filha, reforçava o pai.

E subiu os degraus da longa escada, o corrimão suportando o seu peso. Preferiu não chorar. Trancou-se no banheiro e permaneceu ali sozinha, olhando-se ao espelho. Os enormes olhos azuis contornados por fundas rugas, a pele muito branca com uns restos de viço, o crespo cabelo loiro, os ombros ligeiramente arqueados. Mas a imagem refletida não poderia negar que ela ainda fosse uma bela mulher. Ela era apenas anoitecida.

Ao entrar no quarto viu o marido dormindo aliviado. Sonhando com a outra? Que sonhasse, afinal. Da janela espreitou a estátua com a folha retida na mão. Deitou-se calando uma gargalhada cínica. Adormeceu de tédio.

***

Quando anoiteceu, ele chegou em casa com as mãos vazias. Encontrou a mulher meio retorcida no sofá, lendo o volume de Edgar Allan Poe. Ele só disse boa noite, ela reproduziu o eco como uma parede distante. Ele se serviu de uísque, ela preferiu um vermute bem seco, e não havia elo algum, como se a história nunca houvesse existido.

Entretanto decorrido algum tempo, a serviçal não apareceu para anunciar o jantar. Ele estranhou a falta.

– E a Dalva?

Concentrada no obscuro enredo, ela nem levantou os olhos.

– Dispensei-a por hoje. Eu mesma queria preparar o jantar para comemorarmos a sua nova vida – fechou o livro. – Afinal, para que hipocrisia? – desprezou-o, jogando-o no sofá. – Nunca nos amamos mesmo, não é verdade? Então, que continuemos amigos, como aliás sempre fomos. – Tirou os óculos.

Ele se espantou.

– O quê!, Mônica, você sempre me surpreendendo! Sabe que, apesar de tudo, eu sempre a considerei uma mulher fascinante? Acredite-me, eu não esperava por isso. Você já tão compreensiva e ainda querendo fazer um jantar? Justamente você que odeia tanto uma cozinha? Se bem me lembro, nesses vinte e sete anos, só a vi três vezes empenhada em arte culinária. Senão vejamos: – e começou a falar com os olhos fechados, os dedos na testa, recolhendo as lembranças. – A primeira foi quando viemos para esta casa, há vinte anos. A segunda, na véspera da mudança do nosso filho para o Canadá – e depois de uma longa pausa. – E finalmente, hoje. Então que seja uma data especial – concluiu meio desconcertado.

Ela endossou a frase que desejava ouvir:

– E será. Sem dúvida alguma, será uma data muito especial!

Sentindo-se à vontade, ele precisou se justificar pela noite anterior:

– Sabe, Mônica, eu tenho que confessar a você que tive muito medo de enfrentar a situação. Não foi nada fácil. Eu não suportaria saber que a magoei,

A mulher começou a rir.

– Ora, Rodolfo. Magoar-me? Você sabe muito bem que jamais tive a mínima vocação para dramalhões suburbanos. – E com muita frieza, prosseguiu: – Sempre apreciei as tragédias autênticas. Estas sim. Mas não é o nosso caso, concorda?

E riram juntos, descontraíram-se, até planejaram passar o natal no Canadá, ao lado do filho. Como bons amigos, os três – acabaram decidindo.

Quando o homem disse que sentia fome, muito solícita ela sugeriu que se dirigissem para a sala de jantar. Impecavelmente, ela mesma já havia organizado a mesa. Pediu a ele que se sentasse e foi até a cozinha buscar a refeição. Enquanto isso, ele desarrolhou a garrafa de vinho, encheu os cálices, acendeu os castiçais, reparando na cor roxa das velas. A mulher vinha retornando, ele foi até ela e ajudou-a a trazer as travessas. Afastou a cadeira para que ela se sentasse, cavalheiro como sempre fora.

Ela ficou teatral.

– Agora, façamos um brinde. – E erguendo o cálice, completou: – À tua coragem!

– E à tua também, Mônica – retribuiu ele, meio perplexo.

Enigmática, ela sorriu. – À minha sim, por que não? Ao menos uma única vez!

Mas ele não prestou atenção.

E ainda quis demonstrar reconhecimento pelo empenho da mulher:

– Mas que bela mesa, hein? Você não se esqueceu de um detalhezinho sequer!

– Não me esqueci mesmo – foi dizendo maliciosa – Veja que até estou usando a echarpe que você me trouxe ontem – falava acariciando a seda – E repare nas velas – apontou-as – Fiz questão de que fossem exatamente da cor da minha echarpe. Não é chique?

Enquanto ela servia aspargos em ambos os pratos, ele corrigiu:

–Eu diria que é intrigante, Mônica, como aliás tudo o que é seu. Olhe a sua piscina lá fora – falou estendendo o braço em direção ao imenso jardim – Não é intrigante? Nunca vi uma piscina com uma estátua bem no centro. É mesmo intrigante.

– Intrigante – ela repetiu como um eco e colocou um pedaço de assado no prato do marido.

Quando ele notou que estava sozinho comendo da carne, perguntou:

– E você, Mônica, vai jantar só aspargos?

Tomando vinho ela respondeu o discurso ensaiado:

– Sabe o que é, Rodolfo? Eu fiquei tanto tempo preparando essa carne que perdi o apetite. Acho que é de tanto sentir o cheiro. E depois a gente ainda fica experimentando a toda hora para ver se não falta nada...

Já afeito às excentricidades da mulher, ele engolia de bom grado o gosto disponível.

– É uma pena, Mônica, porque está muito bom – espetava o garfo no último pedaço. – Por favor, quero mais um pouco.

Ela serviu.

E então quando o apetite já quase havia desaparecido, ele observou ingênuo:

– Estranho... Sinto um gosto meio diferente nesse assado!

Ela bebeu mais vinho.

– Mas é claro, Rodolfo. É que eu estou experimentando novos temperos. – E depois de uma pausa enfatizou o desabafo em altíssima voz: – Novos temperos!

Não passou muito tempo e o homem começou a ficar sonolento. Ela o encarava secamente no momento em que ele balbuciou com extrema dificuldade:

– Meu Deus, o que está acontecendo comigo?

A mulher se levantou sem disfarçar o ódio. Aproximou-se dele, segurou-lhe o braço.

– Acho melhor você ir se deitar. Eu o ajudo na escada. Vamos! – ordenou lacônica, esforçando-se para levantá-lo da cadeira.

E foram subindo. Ela não suportava o peso daquele homem tão cheio de coragem.

Ao entrarem no quarto, desfalecido ele despencou sobre a cama. E padecendo de fortes dores começou a se contorcer soltando gemidos. Ela saiu do quarto e fechou a porta. Do topo da escada ainda o ouviu chamando por seu nome. Estertorosamente. Mas começou a descer os degraus com muita fleuma.

Levantou a cabeça, ajeitou os cabelos, ergueu os ombros. Como uma estátua. Retirou a echarpe roxa e languidamente segurou-a por uma das pontas. A outra ia se arrastando por detrás dela no mármore da escadaria, como se condensasse todos os degraus num salto único. Um cortejo. Ou um mergulho numa piscina sem água.

Prosseguiu assim até a garagem escutando apenas o concerto dos grilos. Entrou no carro e saiu viajando por uma interminável estrada muito escura.

E bem antes que pudesse amanhecer adentrou por um ou outro atalho, estacionou e – como uma estátua – ficou olhando a noite.

A HORA DO RÉQUIEM

Busco a origem do meu pânico.

Escrever revigora-me a evidência de que minha mão tem gesto. Subitamente vejo no espelho lateral o percurso da fumaça. De meu sopro. Minha boca tem um gesto imperceptível fora do espelho.

No papel meu gesto palpável: a Palavra. A Palavra que me pensa.

Busco uma palavra anterior. A antecedente.

Penso no dente. Nos meus dentes – para concretizar o meu pânico. Mas fica para depois. Não há história que aconteça antes. Ou há.

Porque primeiro é a contingência de ter nascido. E humanamente: um ser narcísico – falante.

Depois me chamavam de Ju. Um carinho preguiçoso por causa da minha complacência: eu aguentava os outros porque de súbito me ficou impossível dizer. Incompatibilidades vocabulares. Começou assim

mas minha boca não conseguia acompanhar a velocidade das palavras que queriam ser ditas.

Quando o meu nome ficou Ju. Só um sopro vibrado nas outras bocas. Sem o resto essencial. Observo no espelho o percurso da fumaça. Do meu sopro mudo. Meu nome seria Judite. (Falo agora da história possível que aconteceria antes.)

Foi assim

mas a minha mão escreve com enorme dificuldade por causa da luva. Preciso esconder minha mão de meus olhos. E ir fragmentando meu corpo em partes isoladas. (Não falo de divisão. Só penso em multiplicar. O que não é um ato de amor. Mas de ódio. Também muito sublime.)

Ju. Sou um monossílabo nos maxilares preguiçosos. Ancilosados. Meu nome impossível.

Perdi quatro unhas como que por encanto. Desencantos. Alguém falou – como são bonitas – este chavão, elas inflamaram e caíram. Meus dedos mutilados sob a luva. Meu pânico latente.

Cada vez que penteio os cabelos uma horrenda teia de aranha se forma na escova.

Parece que em mim tudo cai.

– Ju – alguém me chama. Não respondo. Ando querendo a mudez do meu nome impossível.

Retomando:

Quando alguém pronunciou para mim uma frase-feita – falo da primeira vez em que discerni – aconteceu uma descarga extra de adrenalina. Então uma enorme bolha de vento formou-se bem nas vísceras. Lembro-me de que na saída meu vômito ficou ali na porta. Refletindo a lua cheia.

Se há uma coisa que me mata é não poder fluir.

A concretude da Palavra é um fato notório. E os seres de vento.

Não tenho a placidez para aguentar ter que morrer um dia. E nem para – como dizem – ir levando a vida. É um jeito bem honesto e inumano de ir consumando a solidão essencial. Eu sou um acaso. Como qualquer criatura humana. Mas a questão é que eu não vomitei a pedra.

Penso nos meus dentes para concretizar o meu pânico. Os quatro terceiro – molares.

– Ju – alguém ainda me chama. E sinto uma dor fantasma naquilo que já se foi.

Quatro buracos em minha boca cobertos de mucosa. Até que o osso se forme. E um fio de sangue que às vezes ainda flui. No gosto vermelho do meu pânico. Meu ser anêmico.

Exodontia. Aquela sala de torturas. Com todas as sequelas das invenções humanas só para fazer de conta que a morte não existe. Porque a morte é o que há. Anestesias tantas. Mas é impossível não sentir. A dor anterior ao dente. A antecedente.

Perdi quatro dentes podres e aleijados. A excrescência do que era pré-histórico em mim. Imortalidade em avesso. Porque é só no passado que se existe.

Enquanto sob a luva as quatro unhas cicatrizam. O embrião das novas.

Ter nascido foi assim

estou encarando a pequenina caixa dourada em que alojo meus quatro dentes podres. Ainda sujos do meu sangue.

Nascer é como um dente ao ser arrancado. Depois fica inútil. (Desde a aparição do homem os cemitérios se lotam dos que nasceram.) Só a Palavra é que se salva. No futuro eterno.

Meu ser anêmico. Meu pânico. Eu não vomitei a pedra.

Nascer é uma exímia tortura. Toda a atenção voltada para o irrespirável. O crânio comprimido. O estalido dos ossos. A dor anterior aos dentes.

Ter nascido foi assim

aquele pânico de morte já era

A vida. (Minusculadamente humana.)

O texto original: no princípio era o acaso. O texto atualizado: o acaso ainda é.

Só a Palavra projeta o meu futuro. Qualquer um. Por exemplo:

Jamais nascerei novamente. Nunca mais perderei os quatro terceiro – molares. Há possibilidades que uma vez consumadas não voltam mais a se repetir. Fatalidade dos eventos. Como ser gerado de um pênis e um útero. (Sempre me foi indecentemente impossível associar prazer sexual a procriação. Porque nascer é o desprazer primordial.)

– Ju – alguém insiste.

À merda com o monossílabo. Acabo de perder a minha inocência.

Uma enorme bolha de ar ocupa o meu ventre.

A única decência efetiva é não gerar. Seres de vento.

O espanto horrendo da duplicidade de mim. Só conheço o meu rosto através do espelho. De resto vou tateando no escuro. A pequenina caixa dourada com meus quatro dentes podres contém a minha pré-história.

Ademais envelheci enquanto imaginava. As quatro unhas testemunham a queda. A ressurreição.

Foi assim

Desde a infância inventei um mistério em torno da minha tia ancestral que não conheci mas pressinto. (Inventar é a mais clara constatação de que tudo no mundo possui a sua cópia.)

Minha tia já era um amontoado de ossos dentro de uma caixa cinzenta. Faltavam-lhe todos os dentes quanto morreu e foi enterrada com a boca cheiinha de algodão.

Também ela se chamava Judite. (Existir é sempre no passado.)

Talvez a questão seja uma só. Sermos ou não lúcidos. Há em mim uma sádica intuição de que esta pergunta venha sendo jogada de homem para homem. Desde o princípio. No princípio era o acaso. E o acaso sempre será. Em caso de lucidez, quantas linguagens ficam possíveis?

Seres de vento. De invento.

Busco a essência do meu pânico.

Foi assim

Ela se chamava Judite. Desde o princípio. Por acaso ou por pulsões bíblicas. A mesma coisa.

Desde o princípio sofria do desprazer de ter nascido. Um caso de boa memória. Mas não podia dizer lá estas coisas por causa das religiões de seu tempo.

Então puxava para trás os cabelos, prendia-os num coque convencional, ficava com a cara bem lavada e o corpo hirto, escondido nas roupas muito discretas. Todo esse recato já era a latência do pânico.

E afinal suportava os outros porque bem lá no fundo desconfiava de que era impossível que todos não sofressem do mesmo mal. Seres de vento.

Minha tia ancestral é um amontoado de ossos em uma caixa cinzenta.

Muito cedo ela soube que de nada adiantava estrebuchar. Que o jeito era conviver com a insuportável descoberta de que a vida é só isso. Tudo isto.

De resto envelheceu enquanto imaginava. O tempo é o nosso pó.

Faltavam-lhe todos os dentes quando morreu e foi enterrada com a boca cheiinha de algodão.

Seres de vento. De invento.

Quando eu terminar este texto acontecerá assim

Num ritual antiquíssimo de oblação levarei a pequenina caixa dourada em que alojo os meus quatro dentes podres para encerrá-la por entre os ossos dentro da caixa cinzenta. Resgatar a totalidade do meu nome e consumar a minha pré-história. Porque é só no passado que se existe. Imortalidade em avesso.

Foi assim

eu não vomitei a pedra

no princípio era o acaso e o acaso sempre será.

Enquanto eu seja pó e pertença ao (in) vento.

A PRIMEIRA-FEIRA DE TODOS OS SAPOS

Quando Arcebal Strega se viu diante do editor do jornal "Dia D", soube-se muito antigo. Já virara o século e mais o milênio urgindo dar certo. Assim o escritor: desassossego muito, sorte minguada.

Naquela sala estereotipada e estéril, Licurgo Rato Leitão – como se chamava a autoridade diante dele posta – do outro lado da mesa, um computador à direita – volver – e mais um *laptop* em cima da escrivaninha de aço roçando-lhe o nariz arrebitadíssimo – encarava-o com ares de "você depende de mim", ou "seu talento está em minhas mãos" – estes clichês. Às costas do entrevistado obsoletas estantes também de aço, repletas de disquetes e cedês. Livro nenhum. Obviamente. Textos virtuais. Virtudes?

Avesso a arquivos digitais, Arcebal preferia manuscrever toda a sua obra, para depois, encadernadamente, ter noção minuciosa de seus escritos. Em volume, peso e lugar. Idiossincrasias. Digamos que a este antigo espécimen o computador lhe tolhesse a completude do gesto na caligrafia irregular, derramando lá as suas vertentes – em degelos e flamejamentos – naquilo que ele sangrava de si.

E foi com esta mesma veemência que, do lado vulnerável da mesa, o olhar atônito do escritor varreu todo o cenário – guardando o veredicto para a voz do texto. De algum próximo. Porque toda voz, a despeito do revés, lá um dia se escancara em viés. E nesta corda-bamba, Arcebal intuiu que, a partir daquele momento, histórico e histérico – deglutiria, na contramão do apetite, um fartíssimo banquete de sapos.

Por detrás do *laptop* insistia a cara gorda do editor, as fossas nasais em *close-up*, as abas côncavas das orelhas, bochechas infladas. E um indefectível cachimbo metido entre os dentes, inclusive enquanto falava. Um disfarce portanto, um jeito de se eximir da caricatura de si próprio. Com o *script* na ponta da língua e potentíssimo em suas crenças, Rato Leitão, em timbre inaudito, começou a falar:

– Senhor Strega, eu o chamei porque aquele texto que o senhor me enviou é deveras *sui generis*.

Arcebal o encarava desconfiado, quando o editor arrematou:

– Eu gostaria de lhe fazer uma proposta. Mas antes, preciso saber de umas coisinhas.

Com um vasto currículo de tentativas vãs, as tais "coisinhas", na mente do escritor acenderam uma luzinha. Rima paupérrima. Pois seu estado de assombramento diante do insólito Rato Leitão, grunhindo em linguagem humana, estava sendo mais forte do que qualquer esperança. A partir desse instante, portanto, ainda que sem plateia e sem refletores, a cena se estenderia em espetáculo teatral – drama de um ato só.

– Senhor Strega, esse seu nome é muito excêntrico. Diga-me, o senhor é dado a magias?

"Se fosse, eu não estaria agora aqui", ele quis responder. Em vez de, engoliu o sapo e apenas justificou:

– Se o senhor se refere àquilo de que a palavra é capaz, até que sou. Sou dado a magias apenas quando escrevo. Serve? Mas, por que o senhor me vem com essa pergunta?

– Simplesmente porque, além de a magia estar na ordem

do dia, com este Strega no nome o senhor teria credenciais de bruxo, não é?

– Quer dizer então que eu deveria encarar o meu nome ao pé da letra?

– Claro que sim. A menos que o senhor deseje quebrar a cara.

– Como assim? Não entendi.

– Pois bem. Veja por exemplo, o caso do José Saramago. Ele tem um *mago* no nome e levou o Nobel. Não lhe parece sintomático?

– Não tenho a sua certeza, senhor Leitão. Aliás, penso que se por detrás do nome não viria a consistência da obra.

– No momento, senhor Strega, isto daria muito pano pra manga. Mas vamos ao que interessa. A propósito, o senhor escreveria textos de autoajuda?

– De autoajuda, com certeza, não. Mas, de alta-ajuda, sim. Serve?

– Como é que é?

– De alta-ajuda (ele repetiu enfatizando a pronúncia do L). E arrematou: – Sempre escrevi textos de alta-ajuda porque ajudam a desemburrar. Serve?

– Devo admitir que o senhor é de uma sagacidade ímpar, não?

E após uma pausa com matiz de suspense, o editor prosseguiu:

– Pois bem. O fato é que fiquei impressionadíssimo com o texto que o senhor me enviou, de forma que pensei em encaixá-lo como cronista do suplemento de cultura que circula às primeiras-feiras.

Perplexo, o escritor passou a se manifestar com impostada naturalidade:

– Já que o senhor me vem com esta proposta, como devo proceder?

– Antes de mais nada, preciso saber de algo crucial! Por acaso o senhor teria algum bicho no nome?

– Bicho no nome? Como assim? Sou apenas Strega, como, aliás, o senhor já bem me cobrou. Mas, pensando bem, adoro gatos e tenho pelo menos uns cinco pendurados no coração. Serve?

– Não, senhor Strega. Infelizmente não serve. Porque o coração ninguém vê. Mas o nome, este sim. Pois está na cara, não é mesmo?

Encarando aquela animalesca fisionomia bem à sua frente, o escritor retrucou:

– O senhor tem toda a razão. O nome está na cara mesmo! Aliás, o nome é a própria cara! E, inclusive, só depende de cada um fazer dele um cacoete ou uma virtude, não é?

Mas o editor não escutou.

– Pois é, senhor Strega, estou apenas tentando lhe explicar que, caso o senhor tivesse um bicho no nome, as coisas seriam bem mais fáceis!

– Mais fáceis?

– Sim. Veja, por exemplo, o meu caso. Sou editor deste jornal, desde o século passado, desde o outro milênio, porque, dentre os meus atributos, sou um Rato Leitão! O senhor me entende?

– Mais ou menos como na *Revolução dos Bichos*, não é?

Porque lá, entre os porcos, a ordem era: "todos são iguais perante a lei, mas alguns são mais iguais do que outros". A meu ver, trata-se do mesmo chiqueiro, não é mesmo?

– Bem observado, senhor Strega. E inclusive, isto é para ser interpretado apenas como uma vantagenzinha a mais. E sem melodramas. Veja, por exemplo, o seu caso: o senhor já declarou não ter bicho algum no nome. Isto significa que haverá uma longa lista de espera para que seja efetivado como cronista da edição das primeiras-feiras. Digo-lhe ainda, que tenho em minhas mãos, Cobras, Aranhas, Lobos e Carneiros e que, por serem bichos, têm uma permanência vitalícia. Portanto, seria preciso que algum falecesse para que um outro assumisse o lugar. E no caso, se alguém tiver nome de bicho, a ele será dada a prioridade. O senhor me entende?

– Pois bem, senhor Leitão, lhe pergunto: pelo menos alguém morre nesse rol?

– Morrer até que morre. Mas só de vez em quando, em caráter de exceção.

E foi esta a primeira vez na vida, desde o outro século e o outro milênio, que o escritor ouviu falar de morte eventual. O código pífio do outro posto assim de bandeja bem na cara alheia. De boa serventia fosse pois o café requentado, caso Arcebal o aceitasse de bom grado. Agrado?

De sapo em sapo, qualquer goela se entope. De forma que, após haver provado do gole amargo, ele preferiu retomar a história dos nomes:

– Senhor Rato Leitão, confesso que toda essa sua lógica me é muito estranha, mesmo porque não consigo me lembrar de nenhum grande escritor que tenha nome de bicho! E, para completar, inclusive o poeta Fernando – é Pessoa!

– Senhor Strega, o senhor está indo longe demais! O umbigo é mais perto!

– O focinho, o senhor quer dizer!

– Que seja!

– E o que mais me deixa perplexo, senhor Leitão, é que não são muitos os nomes de bichos disponíveis para gente e, ainda por cima, tem de calhar de o bicho ser escritor?

– Exatamente! – arrematou o editor, como quem enfatiza as quatro patas. – E o que é incrível – ainda prosseguiu – é que o nome fica carimbado na cara. Como um troféu!

– E na obra também? – arriscou o escritor.

– Também. Também. E é finalmente aí que ele prolifera como mofo. Como coelho.

Com uma fisgada na garganta, Arcebal arriscou: - Pois bem, senhor Leitão. Levando-se em conta que os meus quesitos sejam precários, mas que a minha escrita seja considerável, o que devo então tentar?

– Nada, senhor Strega. Nada.

– O senhor está me dizendo que "a única coisa a fazer é tocar um tango argentino"?

– Senhor Strega, o senhor deu Bandeira! E está sendo antigo demais, além de trágico. Seria bem melhor que se ativesse aos ritmos atuais brasileiros. Tremelicantes! – e concluiu apoteoticamente: – Eles aprimoram as nádegas!

– Mas redesenham as fezes, pelo menos? – rebateu o escritor.

– Infelizmente, não, senhor Strega. As fezes permanecem as mesmas, milênios faz.

– Mas então, senhor Leitão, supondo que ainda me reste o cérebro...

– Por isto mesmo, senhor Strega, fica-lhe bem mais fácil entender que a ordem do dia é defecar. Apenas defecar. E, de preferência, jamais acionando a descarga. Estou sendo claro?

– Senhor Leitão, desculpe-me o pleonasmo, mas o senhor está sendo porco!

– Não, senhor Strega. Estou sendo apenas razoável. E, inclusive, devo alertá-lo para o fato de que, a partir de agora, o senhor estará na fila aguardando a sua vez na edição das primeiras-feiras e, com certeza, aprenderá que nem sempre a diarreia garante a vez. O senhor compreende?

– Não. Definitivamente, não.

– Até parece que o senhor coleciona tartarugas!

– De novo os bichos, não é? Não, senhor Leitão, não coleciono tartarugas. Porém dado o seu esquema, creio que comecei a acumular batráquios. Serve?

– Serve, senhor Strega, serve sim – já que também os sapos fazem parte desta nossa faunazinha, não é?

E esta "faunazinha" despencou no cérebro do escritor como um fóssil de dinossauro. Porém, deletar era a ordem que ele tentava incorporar neste novo milênio. E aquilo que exposto permanecesse, que um varal fosse de roupagens muitíssimo bem lavadas, ainda que puídas e esgarçadas. Possível?

Como as cortinas ainda permanecessem descerradas e o fastidioso ato não prenunciasse epílogo algum, Arcebal, sentindo um peso de chumbo no estômago, pediu licença e foi embora. Chegou em casa feito um autômato. Entrou, trancou a porta como se a de um sacrário fora, pegou uma garrafa de uísque e foi buscar gelo. Quando fechou o *freezer*, deu de cara com uma vasta coleção de ímãs: bichos com cara de gente ou vice-versa, desde a primeva demência do mundo. Obscenidade pura. Como quem leva um violentíssimo soco na boca do estômago, caiu para trás. E nocauteado no rés do chão, enxergou o focinho do editor. Uma náusea incontrolável lhe adveio e, de chofre, vomitou três sapos enormes. Verde-amarelos. Que ali permaneceram com olhos esbugalhados, rindo da cara dele.

E no dia D do escritor desde o outro século e o outro milênio, ele se meteu na folha em branco. E ali, entre dois pontos ou uma vírgula, no destraçado abismo, enfiou-se na intricada aritmética de quantos outros sapos vomitaria ainda, na noite a noite adentro, prestidigitando – sem aspas, nem reticências – a insólita aurora de alguma primeira-feira.

PUNGÊNCIAS

Foi num tempo de ardência. De um luto em vermelho. Uma era em preto em branco. Minha gata havia sido um arco-íris emaranhado nas cordas do meu coração em perpétuo triz.

Vinda da rua, sem cerimônia alguma me escolheu. Unidunitê – e pronto. E lá estava ela alojadíssima em meus dias e na minha cama, velando os labirintos dos meus sonhos. No aconchego do sono, eu esparramada nos pelos dela e ela nos cabelos meus, aqueles olhozinhos enormes me lambendo, num pele a pele de alma a alma, ela – num ritual de oblação – me purificando no triz do enquanto – isto que a vida é.

Anos a fio e por um fio – sempre – num contágio vivificante e letal, nem mais eu tão inexatamente humana e nem mais ela tão exatamente bicho, simbiose abençoada, aquele anjo ardendo-me como piedade – eis o amor em estado puro – fazendo de mim: gente de estimação. Esta estirpe dos sem-raça.

Mas, próprio dos anjos é o voo por céus ignotos, e eu – desde sempre expulsa do paraíso – em pleno estado de arrebatamento – esta hiância e este limite. No triz da descaída, o inferno. O meu.

E, quando me estatelei na vermelhidão ardente – e havia uma era ainda, antes que eu alçasse um próximo voo, antes que eu passasse para o anjo seguinte, uma era ainda, antes da reinvenção desta alegria – uma gatinha minúscula e sem raça, vai ver unidunitê e pronto – tripudiando em meu luto, minou as minhas comportas.

Aquele demoniozinho me mostrava as asas e voava pelo apartamento em saltos ornamentais e arriscadas acrobacias.

Porém, à primeira descaída, levou ao chão uma saboneteira de porcelana, em cuja borda se apoiavam três anjinhos em equilíbrio sutil, no triz – sabe-se lá – se do pouso ou da partida. Próprio dos anjos não é o voo?

Com o impacto da queda, dois deles – desprendendo as mãozinhas – se projetaram para o espaço e foram jazer no fundo da banheira. Atônita, assisti àquele espetáculo de um segundo só e – enquanto o demoniozinho se mantinha de asas recolhidas em algum esconderijo imperscrutável – juntei os destroços e levei-os para a bancada da cozinha.

Após o delicado trabalho de restauração, lá estavam de novo os anjinhos na mesmíssima posição matreira e instigante. Mais outro voo?

Porque de voo em voo a vida se consuma, se tece e se enovela, para baixo e para cima e de um lado para outro – rosa dos ventos – ou simplesmente um solene e emaranhado nó. Que tanto pode ser uma catástrofe ou uma quietude. Só depende da luz que a gente vaga-lumia na escuridão da viagem.

E encarei aquela saboneteira branca sobre o branco mármore da bancada. Um triz entre a cegueira e a luz. Contudo, um desconcertante desarranjo de paisagem, pois que saboneteira não rima com cozinha. Entretanto, devolvê-la para a mureta da banheira seria uma imprudência.

Foi então que no espocar de um fiat-lux enchi-a com pimentas no auge da vermelhidão e da ardência. Estética da inquietação de alma explícita. Fratura exposta?

Porém, como que pressentindo a novidade, o demoniozinho reapareceu com as asas escancaradas e – em curtíssimo e certeiro voo – atingiu a bancada para, em seguida, desaparecer velozmente com uma pimenta entre os dentes. Este triz.

Unidunitê e pronto, alcei então eu um voo súbito e, já na sala, dei de cara com a gatinha em posição de caça, com a boca a um centímetro da híspida vermelhidão.

Num gesto desesperado, catei a pimenta e – no freio potente da minha mão – comprimi aquele sumo, no exato instante em que o meu anjo envenenando-se da ardência, provaria a pungência do meu triz.

NOITE DE ALEGORIAS

De olhos grudados na televisão ele mordeu a maçã com um ruído perturbador. E ela ali na cama, sentada ao lado dele – enojou-se. Jamais desconfiara de que aquela polpa mítica pudesse soar tão obscenamente. Desatenções.

Enquanto ele roía a maçã ela se levantou de súbito e foi viver detrás do guarda-roupa. O abajur aceso, eram bem conhecidos os desenhos que a luz projetava na parede, a falação de todos os objetos daquele quarto.

Ela se viciou em não escolher.

Mas sentiu a dor da maçã. Quis erguer o braço e bradar bem forte. Foi só um protesto mudo, a raiva medíocre de quem espanta um mosquito que insiste em zumbir.

Então olhou para o teto e decidiu que lá havia uma sombra de elefante. Que ela desejou que despencasse sobre a cama. Não despencou.

E detrás do guarda-roupa, com um olho só ela escutava o som de uma maçã sendo mordida.

Alguém se pôs a correr no andar de cima e o quarto estremeceu. Ela estremeceu. Depois alardeou uma sirene, um cachorro uivou ao longe, ela botou a cara de fora e afinal compreendeu que tinha ouvidos, que vivia numa cidade muito sonora, povoada até de paixões. (Uma cadela certamente correspondeu ao desespero do cão.)

Ao perceber que estava nua quis vestir a camisola. Estar nua era o estado de absoluta mudez. Quem poderia enxergá-la?

De inércia tanta sentava-se na rota cadeira de balanço – herança da avó – e numa lassidão de horas a fio ia ouvindo nhec-nhec, nhec-nhec, enquanto de esguelha mal digeria a infelicidade aconchegada.

– Scrotch – fez a maçã.

Mas já era um princípio.

Ele com olhos grudados na televisão distraía-se de que ela traduzisse a voz da maçã. Ela da cadeira de balanço – herança da avó – ia se dando apenas o tímido desprazer de assistir ao desarranjo de uma impossível fruteira. E acariciava os próprios seios para passar o tempo. Cio de vida.

– Tum, tum, tum – martelavam os passos dele esmagando o chão do corredor sempre que chegava em casa.

E então: – Chapt, chapt, chapt – o jornal ficava insistindo nervoso por detrás da porta trancada do banheiro. Um cheiro fétido escapando pela fechadura.

Mas havia um farto diálogo. A cadeira de balanço consentia: – Nhec-nhec, nhec-nhec.

Até que a maçã exigiu um primeiro silêncio.

Estar num quarto cheio de sombras fez dela uma criança com medo do escuro. E ser uma criança com medo do escuro já era um jeito meio contemplativo de aprender o ódio.

– Scrotch – ainda berrou a maçã.

Mas a cadeira se recusou a responder.

O elefante continuava no teto com vontade de permanecer para sempre. Ela havia perdido a conta de si no pavor de nunca mais espargir as sombras.

Alguma coisa explodiu no vídeo e no quarto girou um carrossel de fantasmas.

E ali na cama, sentada ao lado dele, viciada em colecionar onomatopeias, pela primeira vez ela percebeu estar pensando. Rudimentos de quem aprenderá a falar.

– Scrotch – arrematou ele incisivo, os olhos grudados na televisão.

E se fez pré-história.

Um outro silêncio naufragou o quarto enquanto a noite se arraigava cada vez mais densa. Sob este peso ela foi resvalando devagar até deitar-se com olhos arregalados.

Antes de apagar o abajur ainda viu sobre o criado-mudo do lado de lá, o bagaço da maçã. Enegrecendo.

QUATRO OLHOS AZUIS

Era um caso de amor intenso entre mãe e filho. Ambos senis e enclausurados. Olhos perdidos no que nunca foi mas que de alguma forma estava sendo.

A casa não era exatamente insólita, porém apartada daquilo a que se chama mundo. Vidraças sempre fechadas. Um veludo de poeira cobrindo tudo.

A vida deles se contava assim: pegadas na poeira do chão. Num ritmo inalterável, pausas mesmas, ao longo de incontáveis anos. Pé sobre pé, no mesmo espaço das marcas.

Os passos eram só dele. Paralítica, ela se deixava estar em uma poltrona rota, diante da grande mesa da sala. De modo que estendia os braços e ficava tocando piano no espesso tampo. E cantarolava sonatas imaginárias, olhos fixos na vidraça. Sempre fechada. Uma tênue cortina de renda puída a separava do azul. E da roseira do lado de fora. Quando aparecia um botão – e ela tinha faro – focalizava os olhos nos buracos da renda e ficava lembrando.

O chão umedecido, cheiro de terra fértil, o filho então rapaz sob o sol, músculos rijos, ombros curtidos, umas rugazinhas em torno dos olhos dele, por causa da claridade azul. Fantasia?

Sempre a mesma recordação. Carinhos da memória. Como os passos dele na poeira do chão. Que fatalmente convergiam para os pés da poltrona em que ela lembrava.

Ele gostava de deslembrar e foi se tornando cada vez mais ensimesmado. Obsessivamente, colecionava epitáfios que a vida inteira passou colhendo de túmulos antigos. E de perambulações tantas, já conhecia de cor os mapas dos cemitérios.

Ela adorava representar. Enquanto de pé ao lado dela – ele com voz alta e impostada – persistia na leitura daquelas mórbidas inscrições, ela fingia que escutava. Fitando o azul dos olhos dele, enxergava-os tão miúdos e enrugados quanto na juventude. Ao lado da roseira. A umidade da terra que cheirava fértil.

E ele, exercendo a voz só nos restos verbais de restos mortais tantos, lia e lia. Não parava nunca. Aquele cortejo fúnebre que ela não escutava. Mergulhada ainda na vida, nos seus insondáveis prazeres. Aparentava mais de cem anos. Mas tinha olhos exatos. Uns poucos traços de ranhetice eram mistura de verve teatral e nostalgia. E pincelavam de comédia aquela vida que propriamente não endurecera. Também ela era distraída. E ambos eram cúmplices de um mesmo talento desgovernado.

Porém, ele se exacerbava tanto naquela sinistra leitura, que ela – perdendo a paciência – sem dó nem piedade – num repente ordenava:

– Ô Agenor, assombração por assombração, por que é que você não lê para mim aquela estória do saci?

E aos trancos e barrancos caindo em si, ele então buscava o livro e – pela centésima vez – recomeçava a ler o parágrafo interrompido no dia anterior, quando ela adormecera: "É assim mesmo – explicou o negro velho. – Saci na garrafa é invisível. A gente só sabe que ele está lá dentro quando a gente cai na modorra. Num dia bem quente, quando os olhos da gente começam a piscar de sono, o saci pega a tomar forma, até que fica perfeitamente visível".

Mas na modorra então ela caía. Ofendidíssimo e pisando duro – entre penúrias e lamúrias ele se retirava: um acinte desmedido, ela adormecer justo naquele enredo. Afinal, ele passara a juventude inteirinha agarrado aos livros de Monteiro Lobato – perdendo o sono e o fôlego – de tanto se embrenhar naquelas capciosas aventuras. Desaventuranças as dele?

E lá no isolamento do quarto – o dos fundos – voltava a se afundar nas pilhas e pilhas de cartões manuscritos, na obsessão de organizá-los na mais perfeita sequência. Mas qual? Poderia ser a ordem alfabética dos nomes, ou a cronologia das datas de falecimento, (as de nascimento ele desconsiderava), ou quem sabe, o número de anos vividos, ou vai ver algum outro talvez. As ideias dele se contorciam. Estertores. E de tanto se desorientar em labirintos verbais, (o roteiro dos túmulos lhe era bem mais fácil do que o mapeamento das frases) – assim como num jogo de tudo ou nada, ele desmantelava as pilhas e de olhos fechados sorteava um cartão ao léu, delegando à sorte ou ao azar a resposta. Sempre intraduzível, é claro. Ele imaginava que o desejo fosse um saci estável, equilibrado em duas pernas. O desejo, porém, invisível era.

E assim cristalizada numa perna só, numa via só, repetidíssima – a rotina *ad eternum* girava em monocórdio: ela na poltrona da sala, ele no quarto dos fundos, com a porta fechada. Ela estendendo os braços e tocando piano no tampo da mesa; ele indefinidamente separando pilhas e mais pilhas de cartões, lendo e relendo os epitáfios. Ela cantarolando sonatas imaginárias, olhos perdidos nos buracos da renda. Quando subitamente gritava:

– Agenor, ô Agenor, a minha sopa. Quer me matar de fome, Agenor? – e retomava as notas da cantiga, a cabeça indo e vindo em meneios lentos e compassados.

Pegada sobre pegada, ele acudia depressa, como um autômato. Ela reclamava:

– Está salgada! – mas tomava tudo.

Ele então retirava o prato do colo da mãe e o colocava sobre a mesa.

– Isto não é lugar, Agenor, – ela advertia. – Que falta de educação colocar o prato sobre o meu piano. Deveras! Você já é um velho e não aprendeu nadinha!

Ele se enfurecia e arremessava o prato contra o assoalho. Ela ria em silencioso gozo.

– Você não passa de um moleque traquinas!

E enraivecido, antes de lhe dar as costas, ele a encarava de um jeito obscuro.

Sobre a mesma trilha dos repetidos passos, então enfiava-se ele no quarto dos fundos. Ela sucumbia ao sono, a cabeça tombando em direção ao colo.

Anoitecia. Amanhecia.

Atrás dela, postava-se a morte com mãos enormes e radicais – pesando-lhe sobre os ombros miúdos e encolhidos. Mas ela só entendia de bênçãos. Uma sopa atrás da outra. Com muito sal – era bem verdade. A vida intragável. Mas se a terra era fértil – também era bem verdade – da terra, ela – semente vicejaria em nome – o dela. Ela. Porque

– perante a morte – só o nome dá conta de si. E assim brotada da terra fértil – frondosamente – frutificaria nos olhos do viandante que a leria: um nome. Apenas. O dela. Ela. E poderia haver carinho maior?

Toda assombração é um nome. E todo nome pode vir a ser assombração. Do filho – de tanto escutar o carinho em avesso – herdara esta desconfiança. Sabedoria?

Mas ela – mazelas – sacis invisíveis – só sabia de bem-aventurança. E um teatrozinho só que fosse desendurecia-lhe a vida em botão de rosa.

– Agenor, ô Agenor, a minha sopa. Quer me matar de fome, Agenor? – e retomava as notas da cantiga, a cabeça indo e vindo em meneios lentos e compassados.

E após milênios de etceteras em que a mesma cena se reconstituía por sobre o antiquíssimo veludo de poeira, ano após ano, sono após sono, em meio aos cacos no chão, o futuro encurtou tanto que ele esqueceu de se distrair. E obcecou-se no mais árduo desvario. Desabrigado de si, desobrigou-se de ser em si e devolveu-se ao útero. Encavernou-se.

Todavia como do útero ninguém nasce duas vezes, alojou-se nele um recôndito desejo de marcha à ré.

E diante das imensas pilhas de epitáfios, levou ambas as mãos à cabeça, esfregou os olhos e decidiu que afinal era chegada a hora de organizá-los condignamente num álbum de capa azul. Como os olhos dela.

Esta solenidade porém, a ele de tal monta era – que urgia pois aparatar todo o cenário. A mãe inclusive?

E determinadíssimo, saiu do quarto, andou pela casa toda, reimprimindo suas eternas pegadas. Conferiu se todas as vidraças estavam fechadas – e atrás de si – foi cerrando todas as portas.

Na sala, ainda viu a mãe adormecida na poltrona. E por um instante, observou-a enigmaticamente.

Então, voltou para o quarto dos fundos, cerrando a última porta. Encerrou-se. Como num túmulo. Um onde secretíssimo, prolongamento das vísceras dele, pratos sujos, restos, farelos, baratas, excrementos de ratos, montanhas de alfarrábicos jornais carcomidos por cupins, fezes, urina, vômitos e escarros – naftalinadas putrefações em confortabilíssimo desconforto – todavia um paraíso – quarto – dos – fundos – o único de que ele era capaz.

E sentado diante da escrivaninha ensebada, acariciou o álbum de capa azul e abriu-o na primeira página. Em seguida, aproximou o vidro de tinta nanquim e escolheu uma pena bem delicada. Escreveria tudo em letras góticas – depois de muito ruminar – finalmente concluíra.

Começou a desfazer as pilhas e – pela enésima vez – pôs-se a estudar o modo ideal de organizar os epitáfios nas incontáveis páginas do grosso álbum. Entretanto, em marcha à ré, ele retrocedia à mesmíssima dúvida: mas em que ordem?

Mas fora assim na obscena desordem dele que num solenníssimo descaso, sabe-se lá desde quando, um dos cartões jazia no chão, bem ao lado da escrivaninha. E – por acaso – ele lá o farejou. E – não por acaso – tratava-se de seu epitáfio predileto.

Por que seria aquela a sua inscrição favorita, era um enigma que ele preferia não decifrar. Invisível saci engarrafado: "*In memoriam da inolvidável D. Izabella Assumpção de Souza Menezes, nascida no Domingo de Paschoa do anno de 1795 e tendo finda a sua jornada no Natal de 18..., e cujos restos mortaes cumprem o eterno somno sem peccado sob este monummento de amôr conjugal.*"

Muito embora na lápide o mármore estivesse lascado exatamente onde se leria a data da morte, em meio a arranhaduras mentais, as dele – sementes desbrotadas – convicto decidiu que tal falecida não poderia ser jovem e que teria de ser muito velha, a mais velha dentre todos os epitáfios de seu vastíssimo compêndio. E que – portanto – seria esta a inscrição que ocuparia o lugar de honra no álbum de capa azul, bem na primeira página, abrindo o fúnebre cortejo que – portanto em ordem decrescente dos anos vividos – seguiria até o fim. Um começo? Da velhice à infância, da lápide ao berço, do vagido ao útero, do útero ao pó. Biblicamente, do pó ao pó. Deus sublimando-se em adeus.

E então havendo encontrado o fio que desnovelava a meada, desveladíssimo – e em letras góticas – embrenhou-se na caminhada em marcha à ré. Data após data, nome após nome, morte após morte.

– Agenor, ô Agenor, a minha sopa! Quer me matar de fome, Agenor?

Mas ele nada mais escutava – soterrado em seu sepulcro – isto que afinal de contas era a vida dele.

Nenhum prazer tem remédio porque já é um desremédio em si: pessoal e intransferível. Possível a alegria de outro jeito? Qualquer trejeito seria angústia: um cacoete da vontade alheia adoecendo o eu.

E desadoecido de si, prosseguia ele em letras góticas e – quanto mais retrocedia, lá na sala distante, noite após noite – de fome e abandono – a mãe ia encurtando o clamor com os olhos fixos nos buracos da renda, já na iminência de dar de cara com a bênção derradeira. Um botão de rosa?

Jazer em vida é o que há de mais próprio na condição humana, a solidão contingente – eu comigo aqui e o outro consigo lá – tumbas estanques e incomunicáveis – cada qual em seu fervilhante silêncio indizível, pulsante porém no vir a ser palavra, a palavra que mal pode, pois que sempre deságua num apenas aflitivo talvez.

E alheio à suspeita de que todo dizer é transfiguração, ele – querubim derrocado, sem asas nem céus, nem ventos – auréola de breu – com um pé atolado na lama dos mortos, seguia cumprindo aquele sinistro cortejo, na cortina pesada do interdito, o olho arregalado e pétreo diante de uma imagem sem nome. A vida dele cercada de terra por todos os lados. Ele – esta ilha. E o mar de palavras.

E de epitáfio em epitáfio – móbido aconchego – já nas últimas páginas do álbum, penetrou no pungente séquito das crianças – sofridos dizeres plangentes – e em meio à algazarra daquela multidão de anjos rumo ao pó, foi multiplicando a sua infância naquelas infâncias outras. Todas finadas.

E nessa hora, lá na longínqua sala – sem mel nem fel nem sopa alguma, o abatimento mortal impedia a mãe de repetir o habitual longuíssimo clamor ineficaz. Mas abrigava-a na pronúncia do essencial: o nome. E enfim, ancorada na concisão do nome – o nome só, só o nome dele – em vocativo, tropeçou no outro: insustentável e indigerível. O nome: esta primeira palavra. E a última. Do *fiat-lux* ao fogo-fátuo. E assim, em bênção terminal – murmurou apenas:

– Agenor!

– Acabado! Finalmente acabado! – bradou ele eufórico ao colocar o ponto final no derradeiro epitáfio. E fechou o álbum com o carinho de quem estende a manta para aconchegar o sono de uma criança.

E apoiando ambas as mãos na escrivaninha, ergueu-se e – meio trôpego – foi até a estante, de onde, por entre restos de cupins, desenterrou seu dileto livro, em ato falho num repente lembrado.

Infinitamente exaurido na marcha à ré em que se metera, seguiu cambaleante até a poltrona, na qual despencou feito um moleque traquinas. Ou como alguém que de súbito perde a muleta e se desequilibra numa perna só. Recostou-se, esfregou a cabeça e deu um sonoro bocejo de amém.

O dia era bem quente e os olhos dele começaram a piscar de sono. E em estado de graça, largado naquele imundo cenário paradisíaco, caiu na modorra, abraçado ao volume de "Viagem ao Céu".

AUTORRETRATO

No doído doido do ido

Nem ameiguei

Nem amarguei

Desolhei o furo.

Obrei um tu

Desandei futuro

O tempo vomitou a minha cara.

POST SCRIPTUM

,e então, a poética do númen que me convoca o gesto cego mas possível – homenageia a Profa. Dra. e psicanalista Samira Chalhub, a gota d'água em mar aberto que, de tanto celebrar-me " escriba do inconsciente " – por Afeto e por Destino – me despencou de vez na escritura –

a saudade é a minha face minguante
sombra sobrada do espelho
mancha em perpétuo desmanchamento

ELEGIA

O Verbo no meu cerne se fez carne
E a vida sentou em mim feito uma pedra.
Uma perda.
O tempo me conflui.
Do crânio ao tórax
reverbera o eco da Língua.
Mater, matéria, dura-máter
Duríssima a palavração.
De frase a frase me enovelo
E a mim me devolvo como um ovo.
Meus olhos se estatelaram no desoco do mundo.
Na orfandade minha de Deus,
Nem a sabedoria das sementes,
Nem a mudez pontualíssima das pedras.
Tivera eu o desmedo das vírgulas
entre os porões e os girassóis,
Mas haver Palavra é um ponto final.